S I M P L E

[法]玛丽-奥德·穆拉尔———著
梅思繁———译

我的哥哥叫"简单"

新世纪出版社
·广州·

图书在版编目（CIP）数据

我的哥哥叫"简单" /（法）玛丽－奥德·穆拉尔著；
梅思繁译 . — 广州：新世纪出版社，2024.5
ISBN 978-7-5583-4105-2

Ⅰ.①我… Ⅱ.①玛… ②梅… Ⅲ.①长篇小说-法国-现代 Ⅳ.① I565.45

中国国家版本馆 CIP 数据核字（2024）第 046777 号

广东省版权局著作权合同登记号　图字：19-2024-002 号

Original title: Simple
by Marie-Aude Murail
© 2004, l'ecole des loisirs, Paris
Published by arrangement with DAKAI - L'Agence

出 版 人：陈少波　　　责任校对：李　丹
责任编辑：耿　芸　　　责任技编：王　维
封面设计：青研工作室　装帧设计：青研工作室

我的哥哥叫"简单"
WO DE GEGE JIAO "JIANDAN"

[法] 玛丽－奥德·穆拉尔 著　梅思繁 译

出版发行：SPM 南方传媒｜新世纪出版社（广州市越秀区大沙头四马路 12 号 2 号楼）
经销：全国新华书店
印刷：嘉业印刷（天津）有限公司
开本：880 mm×1230 mm　1 / 32
印张：8
字数：155 千
版次：2024 年 5 月第 1 版
印次：2024 年 5 月第 1 次印刷
定价：39.90 元

版权所有，侵权必究。
如发现图书质量问题，可联系调换。
质量监督电话：020-83797655　　购书咨询电话：010-65541379

将我的满腔热情献给克里斯蒂娜·迪布莱蒙和她的学生们。对于大人们来说，他们很小；对于生活来说，他们却足够高大。

——雅克·伊热兰

目 录

第 一 章　　小兔先生砸坏了电话 ...001

第 二 章　　小兔先生找到一个不怎么样的兔子窝 ...027

第 三 章　　小兔先生希望每个人都有小鸡鸡 ...047

第 四 章　　小兔先生去做礼拜，忘记回家了 ...063

第 五 章　　玩过头的小兔先生终于上了"手术台" ...079

第 六 章　　小兔先生的恋爱 ...097

第 七 章　　小兔先生躲过了鲨鱼们的袭击 ...115

第 八 章　　小兔先生送给扎哈拉玫瑰花 ...131

第 九 章　　小兔先生认识了索西欧女士 ...147

第 十 章　　小兔先生和那个聋哑女孩相处得非常好 ...165

第十一章　　小兔先生重新走上去玛丽十字的路 ...181

第十二章　　小兔先生逃跑了 ...207

第十三章　　小兔先生的"死" ...227

第 一 章

小兔先生砸坏了电话

克莱贝尔斜着眼看了一眼他的哥哥。简单正低声模仿着地铁门的声音:"嘭,咔嚓。"

一个男人上了车,坐在克莱贝尔的边上,他手里牵着一条德国牧羊犬。简单立即在自己的座位上蠢蠢欲动了起来。

"他有一条狗。"他说道。

狗的主人打量着这个说话的男孩。他明亮的眼睛因为惊讶,睁得大大的。

"他有一条狗,这位先生。"他越来越兴奋地重复着。

"是的,是的。"克莱贝尔皱了下眉头,试图提醒他要守规矩。

"我能摸摸它吗?"简单伸出手,朝着狗走了过去。

"不行!"克莱贝尔喊起来。

男人看了一眼两兄弟,分析着眼前的情况。

"我,我有只兔子。"男孩对那个男人说。

"别跟你不认识的人讲话。"克莱贝尔责备道。

然后他转过身,对着那个男人说道:

"先生，请您原谅，他智力有障碍。"

"一个傻瓜。"他一字一顿地纠正道。

男人一句话都没有说。他站起身，牵着狗，在下一站下车了。

"浑蛋。"克莱贝尔低声责骂道。

"哦，哦，这个词不好。"他的哥哥说。

克莱贝尔忧伤地叹了口气，眼神投向了车窗。他在玻璃窗的影子中看见自己那张戴着细框圆眼镜的脸。心情平静了一些之后，他的身体陷在座位里，看着手表。简单暗中观察、研究着弟弟的每一个动作，然后拉了拉卫衣袖子，研究起自己的手腕。

"我，我没有手表。"

"你明明知道为什么的。浑蛋，它在这里！"

"哦，哦，这个词不好。"

克莱贝尔朝车门走去，可就在他要下车的时候又转过身来。简单一开始的时候跟在他的后面，突然也停了下来。

"你快点啊！"克莱贝尔喊。

"它会把我割成两半！"

克莱贝尔抓着简单的袖子，把他往月台上拽。电动门在他们的身后关上了。"咔嚓。"

"它没有卡到我！"

克莱贝尔拉着他往电梯走。

"为什么我没有手表？"

"你为了看看里面是不是有个小人就把手表砸烂了,你记得吗?"

"哦,对的。"简单高兴地笑起来。

"里面有小人吗?"

"没有!"简单高兴地大喊。

他突然在自动扶梯前停了下来,后面的两个人一下子撞在了他的身上。她们抱怨道:

"能不能小心点!"

克莱贝尔再一次抓着哥哥的袖子,让他站到电梯上来。简单先是恐惧地看着自己抬起的双脚,在确认它们平安无事后,他抬起了头。

"看见了吗?"他站在上面说,"我都没害怕。这里面为什么没有俏人?"

"是'小人',不是'俏人[1]'。"克莱贝尔打断了他没完没了的"为什么"。

他听到哥哥喃喃地说:

"是'俏人',就是'俏人'。"

简单的固执让人惊叹。整整五分钟,他就这么低声地唱着:

"俏人,俏人。"

---

[1] "小人"和"俏人"在法语里发音相似,简单混淆了两者。(本书脚注均为译者注)

克莱贝尔看着周围，不太确定应该走哪条路。他来巴黎才不过两个多星期。

"还很远吗？"

"我不知道。"

克莱贝尔一副要爆炸的样子，他全然不认识这附近的街区。简单则停在人行道中间，抱着两条胳膊。

"我要见爸爸。"

"爸爸不在这里。爸爸在马恩拉瓦莱，我们在……在……"

"阿嚏！"简单补充道。

然后他对自己的笑话很得意地笑了起来。克莱贝尔露出一丝淡淡的微笑。简单的心智年龄只有三岁，情况好的时候三岁半。

"我们在巴黎。来，快点，得抓紧时间，不然一会儿天就黑了。"

"天黑了会有狼吗？"

"会有的。"

"我可以用'枪手[1]'把狼给杀了。"

克莱贝尔忍住没有笑出来。两人继续走。简单突然认出了他们正在走的这条街。就是这里，勒莫纳主教街四十五号。

"啊，我不进去。"简单站在门口说。

"又怎么了？"

---

[1] 简单在这里想说的是"手枪"。

"我不想去,这是老太太的家。"

"听着,这是姑奶奶家,她是……的姐姐……"

"她长得难看。"

"她不太好看。"

"她很臭。"

克莱贝尔皱着眉头,手向进门处的密码键盘伸了过去。

"是4……6……"

"4,6,B,12,1000,100。"简单快速而面无表情地背诵着。

"闭嘴。4……6……"

"9,12,B,4,7,12……"

克莱贝尔迷糊地看着键盘。

"按呀,按下去!9,7,12……"

在简单的一通乱按下,门嘎吱一声被打开了。

"我又赢了!"

一个胖女人从里面走出来,打开了门。简单用力撞了她一下后跑了进去。

"不能这样撞人!"克莱贝尔对他喊,"向这位女士道歉!"

简单已经快速跑上了楼梯,他转过身来,开心地说:

"对不起,女士!你对这扇门来说太胖了!"

他继续一路在楼梯上小跑,克莱贝尔一边喊一边试图追上他:

"三楼！在三楼！"

简单跑到六楼，然后下到二楼，之后又爬上三楼。他站在台阶上，舌头伸在外面，像条狗一样喘着粗气。克莱贝尔因为突然觉得筋疲力尽，人靠在墙上休息。

"你来按门铃？"

简单害怕门铃的声音。在弟弟按下门铃的时候，他捂住了耳朵。

"我跟你们说，我已经吃过晚饭了。"一位老太太为他们打开门，"老年人的晚餐时间在六点半。你们小年轻兴许吃饭没个点，但我有我的汤，六点……"

"呜噜呜噜……"简单模仿着老太太说话。

"他怎么了？"姑奶奶举起手臂，好像要打他似的。

"别管他，他没有恶意。"克莱贝尔说。

"我要杀了她。我有'枪手'！"

简单从裤子口袋里掏出一把手枪，吓得老太太叫了起来。

"手枪！他有把手枪！"

"那是假的。"克莱贝尔说。

"可它给人一种很真的感觉。小心，我会发出嘣的一声，你就死了。小心，老太太……"

简单瞄准他的姑奶奶。老太太出于恐惧大喊起来。

"嘣！"

老太太向厨房逃去。简单用惊讶而自豪的眼神看着弟弟。

"她害怕了。"

可他又有点失望:

"但她还是没有死。我还有把刀。"

"你下次再解决她吧。"

二人吃下两斤面条以后,待在了姑奶奶为他们准备好的一间很小的房间里。克莱贝尔拿出他的手机,简单依旧观察着他。

"你有手机。"他羡慕地说道,"为什么我没有?"

"因为你太小了。"克莱贝尔心不在焉地回道,"01……48……"

"12,3,B,1000,100。"

克莱贝尔用手摸着脑袋,他的哥哥又把他弄糊涂了。再说了,打电话给爸爸又有什么用呢?马卢里先生反正就只有一个解决方法:把简单送去特殊的养护机构。马卢里先生会跟他说,让他把简单送去玛丽十字中心。

"嘿!"简单用调皮的口气说道。

他盘腿坐在床上,身后藏着什么东西,带着兴奋的口气重复着那句"嘿"。两只软趴趴的灰色耳朵从他背后冒出来,他摇晃着它们。

"就差它了。"克莱贝尔喃喃道。

"它是谁?"

"我不知道。"

简单要让这种快乐的时光持续得越久越好。

"它的名字里有'in'……"简单说。

"是个小矮人？"

"不是！"

"一条鲨鱼？"

简单笑得气都喘不上来了。

"难道是小兔先生[1]？"

"对了！"简单一边喊，一边晃动着那只老旧的毛绒兔子玩具。兔子的耳朵摇晃着。

手机响了。

"是打给我的，"简单哀求道，"喂。"

克莱贝尔猛地站起来，生怕哥哥把他的电话抢走了。

"喂，爸爸？"

"不不，是找我的，找我的。喂，爸爸。"

"嗯，还好。"克莱贝尔轻松说道，"我们和小兔先生在一起，目前都好……姑奶奶？她也还好，嗯，其实也不是那么好。"

克莱贝尔决定不再有所保留。

"简单不怎么喜欢她。他扬言要'杀'掉她。"

---

[1] 法语里"pinpin"是小兔的意思，这个单词带有"in"。

克莱贝尔有的时候意识不到他言语的严重性。

"不是的，爸爸，那不是真的！是要用他的'枪手'……对……对的……我知道的，爸爸，我得担起一切责任，是我要这么干的……我知道。"

爸爸在电话里找着各种理由的时候，克莱贝尔眼睛看着天花板。简单这个负担太重了，他让生活变得不堪重负，应该把他送到玛丽十字中心去。爸爸说这些的时候，简单把一整袋的百乐宝玩具都倒在了床上，在那里专心地玩着，口中喃喃自语，同时耳朵里听着弟弟和爸爸的谈话。

"他，他不听话。"他对一个黑白相间的牛仔小人说，"他得去养护机构。"

简单脸上显出某种阴沉而满足的表情。这小人被他摆弄，挨了几下打，又挨了一针后，被他放到了枕头底下。

"救命！救命！"牛仔小人喊道。

克莱贝尔一边和爸爸通着电话，一边看着哥哥玩游戏。

"理想的情况是我们能租一间屋子，这样我们就能独立了。不过爸爸，简单不需要从早到晚被看着。他二十二岁了。"

简单重新从枕头下面拿出玩具，凶着克莱贝尔：

"你是个傻瓜，我不想再看见你了。我要挖个洞，然后你到这洞里去，你会死在里面，我不会为你难过。小兔先生在哪里？"

他眼神迷茫地找着兔子。一发现它，立即松了口气：

"啊！在这里！小兔先生会'杀'掉玛丽十字中心。"

一场狂风暴雨般的战斗在床上展开。小兔先生掉到百乐宝玩具的中间，百乐宝们则被扔到空中，或是被摔到墙壁上。

"小兔先生会把它们砸个稀巴烂。"简单低声说。

然后他有点不怀好意地看着正在电话里斗争着的弟弟。

"反正我们有妈妈留下来的遗产。你不需要为我们付房租……是的，我知道自己在做什么。"

父亲含含糊糊地同意后，克莱贝尔挂掉了电话。好一会儿的工夫，他的眼神都处于迷离状态，将电话紧紧贴在胸口上。十七岁。他十七岁了，刚刚在亨利四世中学的毕业班注册。他想要上预科班，然后进入大学校[1]。可现在他带着这怪物一样的家伙——他的哥哥简单。简单的真名叫作巴尔纳贝，他相信兔子形状的毛绒玩具是有生命的。

"简单？"

巴尔纳贝停止了游戏，像是听到上帝在喊他一般，回答道：

"是的，我的兄弟。"

"听着，简单，我们得找到一个住的地方。可我不能一直和你待在一起，因为两个星期后，我就要回学校了。"

"学校很好。"

---

[1] 法国的大学校是一种区别于法国大学的高等教育系统。学生需先上两年的预科班，之后参加入学考试，经过严格筛选后才可进入大学校。

"是的。"

"为什么我不去学校呢?"

"我跟你说了,你要认真听我说话。如果你想和我一起生活,你得做些努力。"

简单半张着嘴巴听着,一副愿意合作的样子。

"你明白吗,你得帮助我。"

简单跳起来:

"我会把床都整理好的。"

克莱贝尔叹了口气:

"好吧……"

第二天一早,克莱贝尔就决定去把租房中介都走一遍。他犹豫着是不是要把简单留在家里。

"你会乖乖的吗?"

简单点着头。

"你不会去惹姑奶奶?"

简单摇着头,然后有点不情愿地说:

"我可是有刀的哟。"

即便已经走到了门口,克莱贝尔仍然犹豫不决。突然,他决定在出门期间要同哥哥保持联系。他把手机给了简单。简单带着既兴奋又忐忑的心情,把手机放在手上。克莱贝尔跟他解释,会在上午的时候打电话给他,这样好知道他在干什么。

"你看,电话铃响起来的时候你就按这个绿色的键。"

克莱贝尔离开的时候脑海里抹不去的,是他哥哥拿着手机时那既幸福又惊恐的样子。门刚关上,简单就喊了起来:

"小兔先生!"

简单冲进卧室,小兔先生正在枕头上打着瞌睡。

"你干吗这么大吼大叫的?"小兔先生问道。

"我有电话了!"简单喊着。

小兔先生直起身子:

"给我看看!给我看看!"

"不行,这是我的。4,7,12,B,1000,100。"

他在键盘上按着这些数字,然后把电话放到耳朵边上。

"喂?"他说着,"喂,先生,女士?"

他看上去像是在听电话那头在说什么,然后摇着电话,又放到了耳边。

"喂,先生,女士?……怎么没有声音?"

小兔先生又躺了下来,长长的、柔软的手臂放在脑袋后面,看上去兴趣不大。

"这里面有个'俏人'的时候是有声音的。"

"没有'俏人'。"简单说道。他记得手表的事情。

"有的,电话响起来的时候他就会来。"

简单久久地注视着小兔先生,试图找出反驳它的理由。

"好吧,"他边说边放下手机,"我们做游戏吗?"

乍一看,小兔先生会让人以为是只老兔子。它身上的线绳都露在外面了。但是只要讲到做游戏,它的耳朵就会剧烈地摇晃起来,软绵绵的腿好像也有力道了。

"玩什么呢?"

"在玛丽十字中心。"

"又是这个!你难道就没有其他游戏吗?"

"但这个游戏很好啊。"

简单把身体贴着小兔先生,轻声在它耳边说道:

"你把它打个稀巴烂。"

小兔先生同意了。这确实是个好游戏。

十点钟左右的时候,百乐宝玩具环绕着牛仔小人,防止它有任何逃跑的机会。这时,电话响了起来。

"是我的,是打给我的!"简单大喊着。

带着这股近乎狂热的激动心情,他按下了电话的接听键。

"喂,简单?"克莱贝尔说。

"喂,先生,女士?喂,你好吗?谢谢,我很好。今天天气很好。再见女士。"

"等等,我是你弟弟⋯⋯"

简单有点害怕地转向小兔先生:

"是那个'俏人'。"

"把电话砸了！"小兔先生跳起来命令着,"把它砸在墙壁上！"

简单用一种叫人害怕的暴力模样,把电话狠狠地往墙壁上摔去,然后他又朝着电话一脚踩下去。冷静下来以后,他弯下身去检查被砸坏的电话。

"你看到它没有？"小兔先生告诉他,"它准备逃跑。"

"不会吧。"简单犹豫着。

"我就知道,"小兔先生重新躺在枕头上,说,"它很小很小呀。"

在同哥哥通话失败以后,克莱贝尔决定回到勒莫纳主教街去。他想到简单用他所知道的大人说话的方式在电话里讲话的样子,忍不住笑起来。克莱贝尔想让自己快乐一点。中介公司的女孩对他有点一见钟情。她答应他下午带他去看一套一室一厅的公寓。克莱贝尔觉得他完全有能力讨女孩的欢心,并租到合适的公寓。

"简单！简单？"

他看见哥哥坐在床上,玩着牛仔小人。

"你一个人害怕了吗？怎么了？"

突然,他的目光落在手机上,那场景仿佛是他的身体被扔到了墙角上。

"这里面没'俏人'。"简单抱歉地说道。

和房产中介的人约在下午两点见面。克莱贝尔不想把简单一个人留在家里。因为哥哥二十二岁的年纪,相比他的十七岁,会让中介觉得更加值得信赖。问题在于,简单能否在整个看房子的过程中维持某些假象。

"你必须听话。不能讲话,不能到处乱跑。"

弟弟所说的每句话,简单都安静地听着。因为手机的事,克莱贝尔狠狠地斥责了简单。

"把头梳好,洗干净手。然后……我给你戴一条领带。"

刚才还一副赌气样子的简单,突然脸上就有了光彩。半个小时过后,他站在玄关的镜子前欣赏着自己。他穿着一件衬衫,打着领带,配一件浅色的外套和一条深色的裤子。克莱贝尔看上去就没有那么满意了。即使是剪裁合适的衣服,穿到简单身上,也让他看上去像个夸张的稻草人。

"记得我说的吗?不许说一个字!"

克莱贝尔把手指放在嘴唇上,向哥哥强调着他们的约定。他当然也可以让简单冒充聋哑人,但是他觉得风险太大。简单很有可能去跟中介女孩解释,他是个哑巴。

那套小小的公寓在勒克莱尔将军大街一栋老公寓的顶楼。杰基在等着她的客户。两个月前,她开始用口香糖代替香烟。可今天她忍不住了,一边嚼口香糖一边抽烟。她想到克莱贝尔,这男孩挺可爱。他有个哥哥,如果他跟克莱贝尔长得像的话,那就有点意思了。杰基一边咬着指甲,一边抽香烟、嚼口香糖。

楼梯下面,克莱贝尔正在对哥哥做最后的提醒。

"什么都不要说,不许动。你没带上你的'枪手'吧?"

"没有。"

克莱贝尔走上两层楼梯。

"我有我的刀。"简单在他身后说道。

克莱贝尔转过来:

"什么刀,你搞什么?你的刀在哪里?"

简单眨着眼睛没有回答。

"把刀给我看看。"

"不行。"简单有点尴尬地笑着说。

"我要生气了,我会生气的!你要我生气吗?"

克莱贝尔顿时愤怒无比。简单的眼睛里立即充满了恐惧。

"可它不是一把真的刀。"

"给我看看。"

"是我的……"

"什么?"

简单走上克莱贝尔站着的台阶上,踮起脚尖轻声对着他的耳朵说:

"是我的小鸡鸡。"

克莱贝尔一副目瞪口呆的样子。

"你有毛病吧！"

"哦哦，这个词不好。"

现在他们得小跑着爬上六层楼。

杰基有点惊讶地看着走进来的两兄弟。他们的长相有几分相似，但反而是年纪小的那个看起来更老成。他深色的眼睛里似乎燃烧着某种火焰，而年纪大的那个眼睛清亮得如同两扇向天空开着的窗户，看起来莽撞而不谙世事。克莱贝尔的短发与他克制又迷人的微笑极为和谐。而简单的头发则长且乱，整个人看起来好像不受控制。杰基向他伸出手。

"你好。"她喃喃地打着招呼。

简单呢，他已经忘记他做的承诺，背起了一连串的句子：

"你好，你好吗？谢谢，再见……"

"这是大房间？"克莱贝尔为了盖过哥哥的声音大声说起来。

杰基吓了一跳。

"是的，这是客厅，西南朝向，你们应该看得出来，这里光线很好。"

简单在她面前跳来跳去，她不得不移开目光。

"我有领带。"他说道，因为他不确定这位女士是不是看到他打了领带。

她仓促地向他笑了笑，只是那微笑看上去更像是肌肉抽搐。

"在当今这个社会，要想找到不错的房子，确实需要给人留下良好的印象。"

杰基因为不自在,从包里拿出一支香烟,打着了打火机。

"这是危险的。"简单对她说道,因为他从来不被允许玩火。

"我知道,我会熄掉的。"杰基有点不耐烦地说道。

"是不是还有一间房间?"克莱贝尔继续问道。

"哦对了,还有一间朝北的房间。它光线少些,对着天井,很安静。"

克莱贝尔和杰基走到另一间房间,简单没有跟着他们进来。他看看自己周围,做出惊讶状。他的弟弟跟他说他们会在这里生活,可这里既没有椅子,也没有桌子,什么都没有!简单踮着脚走路,生怕吵醒了这个神秘地方的魔法力量。接着他发现了一扇半掩着的门,他推开了它。那是个嵌在墙上的橱柜。简单微笑着,将手伸进他的口袋,从里面拿出两个百乐宝玩具。他还偷偷带来了一堆小玩意儿。他把它们摆在橱柜的架子上,用这些物件重塑了一幅迷你版的公寓内景。他全然忘记了此刻身在何处。他把脑袋伸进柜子里,低声做着他的游戏。杰基在克莱贝尔的陪同下回到了客厅。

"您在看这些柜子?"她对简单说,"它们确实是这套公寓的加分点,能用来储存很多东西。"

她打开柜子的门。

"瞧,这肯定是以前哪个孩子忘在这里的玩具。真不好意思……"

她从柜子里拿走了百乐宝。

"我的百乐宝!"简单喊起来。

他愤怒地转向弟弟。

"她要偷我的百乐宝!我要'杀'掉她,我可是有刀的!"

杰基放下那些小人,恐惧地朝卧室后退。

"简单,你够了!"克莱贝尔吼他。"小姐,这没什么。他是个傻瓜……他……"

简单匆忙地把玩具装进口袋。

"你们赶紧走!出去!"杰基命令道。

"嘿,不用这样吧,你不必用这样的口气同我们说话。"克莱贝尔说,"况且这公寓的价钱也太贵了。走,简单,我们不租这房子。"

简单用胜利的眼神看了看杰基。

"这房子连椅子都没有!"

走在街上,克莱贝尔什么话都没有说。时间一点点地过去,他有种走入了一个荒诞世界的感觉。他感到机械而麻木。他在人行道的边缘拉住他的哥哥,可简单呢,却朝着车子冲了过去。

"'俏人'是红色的。"他说道。

一穿过马路,简单就去敲打那个上面的小人变成了绿色的信号灯。克莱贝尔心底是很怜爱他的。如果他们找不到其他方法的话,他就只能把简单送去玛丽十字中心了。在往回走的路上,克莱贝尔看见老主教旅馆进门处一块生锈的牌子,上面写着:"按周计算出租卧室"。他心想,也许在找到公寓前,他能先租间房间。他确实很想能快点从姑奶奶家搬出来。

"来。"他抓着简单的袖子。

前台一个人都没有,散发出一股灰尘的味道。柜台后面有几把钥匙,看起来它们在那里等待客人已经很久了。

"请问有人吗?"克莱贝尔喊道。

简单不安地把手伸进裤子的口袋里。

"您好。"一个沙哑的声音在他们后面响起。

一个化着浓妆、穿着短裙的女孩朝马卢里兄弟走来。简单最喜欢那些擦得香香的女人。他给了她一个大大的微笑。

"你好吗?"她边对他说,边抓住了他的领带。

克莱贝尔看着她这么做时有些目瞪口呆。

"我有领带。"简单很自豪这位女士看到了他戴着领带。

"你想让我对你做什么呢,我的小兔子?"她眯着眼睛问。

在听到"兔子"这两个字的时候,简单慢慢地从口袋里掏出了什么。

"你好。"他调皮地说。

两只软趴趴的耳朵在口袋处晃动着。

"这是什么?"女孩有点迟疑。

"是谁？"简单回答道，"它的名字里有'i'和'n'这两个字母。"

克莱贝尔在心里骂了句脏话，然后抓住了哥哥的袖子。

"你过来。"他轻轻说道。

可就在这个时候，简单从口袋里抓着兔子的耳朵把它掏了出来，在女孩的鼻子前晃动。她恐惧地喊叫起来。

"是小兔先生！"简单大喊。

克莱贝尔抓着哥哥往街上走的时候，听到女孩在里面喊：

"这两个人有毛病吧！"

克莱贝尔不急着回到姑奶奶昏暗的老房子去。他决定带简单去亨利四世高中看看那华美的金白色外墙。

"看见没有？这就是我的学校。"

"不好看。"

他们继续一路走到卢森堡公园。简单想让小兔先生看看那些小帆船。马卢里兄弟坐在一个水池边，简单把兔子放在腿上。

"你的小兔有点被弄坏了。"克莱贝尔说，"你不能把它这么压在口袋里。"

"不是小兔，是小兔先生。"

"好吧。"克莱贝尔微笑着轻声说道。

他看着那些在水池边奔跑着想抓住小帆船的孩子。他用指尖在水里啪嗒啪嗒地敲打出水花。天渐渐暗了下来，但是他全然不在乎。不在乎什么？不在乎其他人是怎么想简单和他的兔子的。他把手从水里伸出来，放在简单的腿上。

"我们走吧？"

"你把我的裤子弄湿了。"

回家前，他们去了附近的小超市，找王子牛奶巧克力饼干。收银柜前，克莱贝尔读着顾客们贴在那里的各种启事。突然他的眉头皱了起来，命运在向他招手："大学生，寻找两个合租人，同租一套公寓。请致电 06……"克莱贝尔把电话号码写在一张用过的地铁票上。

回到姑奶奶家，简单要求泡个澡。他先是把一袋百乐宝带到浴室。

"你不许把小兔先生放进水里。"克莱贝尔警告他。

"不放。"

"你把它留在你的床上。"

"好的。"

弟弟才一转身，简单就把小兔先生藏在睡衣里，走进了浴室。

"你要闷死我了。"小兔先生抱怨着跑出来。

它坐在洗衣机上，看着浴缸逐渐被水填满。

"你来倒香波？"

简单打开一个蓝色瓶子，往水里倒了好多液体。

"多倒些！多倒些！"小兔先生边喊边两只脚一前一后地跳

进浴缸。

"你这是胡闹。"简单有点严厉地对它说。

小兔先生装作什么都没有听见。

"我们露营吧?"

简单有百乐宝的帐篷、滑雪的人和一群企鹅。所有这些东西让露营这主意看起来有那么点意思。

"我少了个滑雪板。"简单说。

接着,他把袋子里所有的东西倒在瓷砖上寻找着。

"浑蛋。"小兔先生说。

"哦,哦,这个词不好。"

"管它呢。"

两人一起笑着。然后他们一起泡进肥皂泡泡里,把滑雪的人也放进水里,又救起企鹅,把它们带到冰山上。一个小时后,水凉了,瓷砖上全是水,小兔先生也吸饱了水,变得沉沉的了。

"我现在有两吨重。"它说。

"完了。"简单总结着。

得把这糟糕的情况告诉克莱贝尔。

"这都乱成什么样了!你又把兔子弄湿了,快给我都整理好。"

简单不需要弟弟说第二遍,所有百乐宝立即消失在袋子里。

"我丢了个滑雪板。"

"你不是一般难搞。"克莱贝尔说。

他用力把玩具拧干,然后夹着兔耳朵挂在晾衣服的绳子上。

"总有一天你会要了这兔子的命。"

简单看看兔子,然后耸了耸肩膀,做蠢事总是要付出代价的。

克莱贝尔又长长地看了一眼玩具,总有一天它会变成一堆布料。不过这想法立即让他的心紧了一下。

第二章

小兔先生找到一个不怎么样的兔子窝

早上七点被艾莉娅和她的男朋友吵醒,这让安佐十分不高兴。听着他们在墙的那边亲热,他想到了自己单身汉的境遇。二十一岁的安佐是个长得不错的金发男孩,他完全可以很轻松地交个女朋友。可问题在于,他既想要姑娘爱上他,自己却又不愿意动心。这到底是出于懒惰还是自尊心,到现在他也没想明白。

"还有咖啡吗?"克朗丹走到厨房问。

"嗯。"

时间还有点早,安佐懒得多说话。

"昨天有个家伙打电话来问合租的事情,"克朗丹继续说,"他和他的弟弟一起住。"

"又是男生。"安佐叹了口气。

勒莫纳主教街99号住着四个年轻人:安佐、艾莉娅和她的男朋友艾玛纽埃尔、克朗丹——艾莉娅的弟弟。

"为什么就找不到合租的女孩子呢?"安佐嘟囔着。

"你也得找啊！"

克朗丹倒了一大杯咖啡。

"那家伙看起来不错。他二十二岁，他的弟弟十七岁。"

"搞什么，这里又不是儿童乐园！"

在电话里克莱贝尔称他是哥哥。

"他是学什么的？"

克朗丹试图在记忆里搜索着答案。

"我不太记得了。他的弟弟在亨利四世中学读高三。"

"年轻人最没劲了。"安佐抱怨着，"这是雷鬼与雷戈[1]之间的区别。他们只会聊女孩子和抽烟。我讨厌小年轻。"

"把巧克力榛果酱递给我，老爷爷。"

"你看，你就是小年轻。巧克力榛果酱是小年轻的菜。我呢，只喜欢蜂蜜抹面包。"

"够可爱，让人想起小熊维尼。"

"你觉得女孩子们会喜欢小熊维尼？可我更喜欢跳跳虎。把巧克力榛果酱还给我。"

安佐忧郁地把勺子伸进瓶子里。

"你能不能别直接在瓶子里吃，恶心不恶心。"

---

1 雷鬼是一种20世纪60年代发源于牙买加的音乐类型，融合了节奏布鲁斯、爵士乐、非洲民间音乐、拉丁乐等多种音乐风格，节奏较为舒缓；雷戈则融合了雷鬼、说唱、舞曲等音乐风格，节奏感更强。

"不恶心,小年轻都这么吃。"

克朗丹叹了口气。看来今天早上安佐没有正经讲话的兴致。

"你们早!"

是艾莉娅。她双颊上仍然带着红晕,短头发乱蓬蓬的,睡衣下隐现着曲线优美的身体。她亲了一下弟弟,在安佐的脑袋上轻轻一敲,一口咬下一片硬硬的面包。她的姿态里透着一种无比优雅的气质,而她自己则根本没有意识到。安佐和克朗丹吃惊地看着她。

"谈合租的人几点来?"她一条腿压在屁股下面坐了下来。

"等等,谁说他们就一定会让我喜欢的!"安佐说。

"我担心,他们不喜欢房间的可能性更大。"艾莉娅反驳道。

四个年轻人已经各自挑了最好的房间。剩下的两间房间很小,阴冷且不舒适。

艾玛纽埃尔走进来。他二十五岁,是四个人里最年长的。

"跳跳虎来了。"安佐迎接着他。

艾莉娅的男朋友带着警惕的微笑看着他。

"为什么是跳跳虎?"

克朗丹笑了起来。

"因为我是维尼熊,"安佐一边伸懒腰一边说,"克朗丹是兔子瑞比。"

"他还是那么无聊。"艾玛纽埃尔说。

"其实我觉得你跟驴子屹耳也挺像。"

他开始模仿屹耳忧郁的说话声：

"你好，如果我们觉得这一天算好的话……"

艾玛纽埃尔有点抱歉地看了眼艾莉娅。这家伙居然是学文学的！为了惩罚他，艾莉娅打了一下他的脑袋。安佐则亲昵地用手轻抚她的肩膀，艾莉娅叫了声"哎呀"，重重打了他好几拳。艾玛纽埃尔站在那里，目瞪口呆地看着。

"好了，都冷静点！"

安佐猛地站起来，指着他的座位对艾玛纽埃尔说：

"坐下，椅子热得很。"

两人四目相对。艾玛纽埃尔在他身上嗅到一个年轻男人想要取而代之的欲望。

吃完早餐以后，所有人开始了这一天各自要做的事情。安佐回到他的床上躺着。

"我打扰你了吗？"

克朗丹走进安佐的房间。

"你说呢。"他用手臂撑着头。

"你在干吗？"

"什么都没干。"

克朗丹坐下来。他是个很不错的男孩，从六年级开始他就将安佐当作自己的偶像。

"他们喝咖啡的那个点来。"

"谁？"安佐懒洋洋地问道。

他重新躺下来，好像身体无法承受这世界的沉重。

"合租的人呀，或者说候选人。你得见见他们。"

克朗丹想，假如安佐认为来的人合适，他们必然就能住进来了。如果他不同意，那么他们一点机会也没有。

"烦死了。"安佐抱怨着闭上眼睛。

"你怎么了？"

克朗丹并不擅长解读人心，但是他能猜出来他的好朋友心里有什么事情。

"我……"

突然安佐坐起来，用拳头重重地捶着墙壁。

"我的问题是，我痛恨早上七点被你姐姐和那个解剖尸体的家伙吵醒！"

艾玛纽埃尔是医学院的学生，艾莉娅也是。

"你不会是爱上了……"克朗丹忍不住问道。

"什么？你有病吧！这是个分寸、体面的问题。他们应该想到我就在边上……"安佐躺下来，对他的心事被说破有点不太高兴。

克朗丹没有再说什么。他尊重他的姐姐，同时对艾玛纽埃尔印象深刻。他高大，充满男子气概，虽然不怎么有趣，但很勤奋。他站起来叹了口气：

"你今天中午在吗？"

"不然我还能在哪里？"

看来今天早上想让安佐好好讲话是不可能了。

克莱贝尔则一早上都紧张得很。

他该如何介绍他的哥哥？要让他说话吗？

"你洗过手了吗？"

简单已经是第十次把手放到水里了。他弟弟的紧张让他吃惊又不解。

"好了，你不准带你的'枪手'，明白没？"

"我有刀。"

克莱贝尔比平时更加恶狠狠地看了他一眼。

"嗯⋯⋯"简单嘟囔着。

"怎么了？"

简单踮起脚尖在弟弟的耳边轻声地说：

"那么我能带上小兔先生吗？"

他哀求着。克莱贝尔犹豫不决，然后他想象着他们带着一只玩具兔子出现在人前的结果。于是他果断地说道：

"不准带。"

但是就在他们准备出门，趁他正在找新手机的空当，简单悄悄地把小兔先生塞进了口袋。

"为什么我没有电话呢？"他一脸天真地问。

"因为你把我的砸烂了。"

"为什么我砸了你的电话？"

"因为你蠢。"

"哦，哦……"

"是的是的，这词不好！"

克莱贝尔有点近乎神经质了。

出租的只是两间小小的房间。

"是我，哎，按钮，是我！"简单对着对讲机喊。

他的弟弟一把抓住他的领子。

"你给我听好了，要么你安生点，要么我送你回玛丽十字中心。"

简单立即变得脸色惨白。克莱贝尔呢，他话一出口就有点后悔了。他按下贴着"合租"字眼的门铃。

"谁呀？"一个女性的声音响起来。

"马卢里先生。"

这栋楼的入口处充满布尔乔亚[1]的气息。门房的窗帘被掀了

---

[1] 布尔乔亚是 bourgeoisie 的音译，即资产阶级。

起来，看门房的人看了兄弟俩一眼。克莱贝尔不打算坐铁栅栏一样的电梯，他直接走上了楼梯。红色的地毯让简单满脸赞叹，他踮着脚尖走在上面，好像生怕会踩碎鸡蛋一样。

"你们害怕坐电梯？"艾莉娅在那里迎接他们，"你们好……您是巴尔纳贝？"

她对克莱贝尔说。因为他比哥哥高出一个脑袋，艾莉娅以为他是年长的那一个。

"不，我是克莱贝尔。"

"啊，抱歉。原谅我。我们可以用'你'互相称呼吗？"

两兄弟走入了玄关。艾莉娅向简单伸出手。

"那么我想您是巴尔纳贝。我是艾莉娅。"

简单握着艾莉娅的手，什么话都没有说。

"嗯……其他人都在客厅喝咖啡。"艾莉娅有点尴尬地说，"请进！"

艾玛纽埃尔正在看书，克朗丹抽着烟，安佐则什么都没做。桌子上摆着杯子、咖啡壶和一碟奶油饼干。马卢里兄弟二人走进来的时候，众人你一句我一句地说着"你好"。所有人都围着桌子坐下来，艾玛纽埃尔开启了谈话。

"所以你们在找住处？"

克莱贝尔解释了他们的现状：他们暂住在一位年长亲戚的家里，希望能自己出来住。

"你们是什么专业的大学生？"艾玛纽埃尔犯了和艾莉娅一样的错误。

"我马上读高三了。"

所有人的眼光一起投向简单。他的手放在桌子上，鼻子朝着地面。

"是的，"克莱贝尔说，"他是我的哥哥。他是……智障。"

一片沉默中，克莱贝尔不知所措了。

"是的，我猜……这对你们来说会是个问题。"他轻轻地说。

艾莉娅为他感到心疼。

"他是哑巴吗？"

"哦，不是！面对这么多人，他不自在而已。"

简单不时地看向脚下，他这个举动并不会有任何更理想的效果。

"你想说什么吗，简单？"弟弟轻声问他。

简单摇摇头，看起来一脸胆怯。

"是出生时就如此吗？"艾玛纽埃尔问。

"是的。我们觉得……很可能在妈妈怀孕的时候就是了。"

"自闭症？"艾玛纽埃尔继续问。

"哎，人家又不是来看病的！"安佐抱怨着。

他转向克莱贝尔：

"好吧，这不行。你看我们都是大学生，如果只有你一个人，那一点问题都没有。但是你的哥哥，不能让他这么没人管。你得把他放到那种专业地方去。"

艾莉娅有点震惊地看了他一眼。

"不是，我也是有同情心的好吗？！"安佐反驳道，"问题是这情况我们处理不了。我们不可能承担……"

"一切取决于他的问题到底有多严重。"艾玛纽埃尔说。

安佐如果往左走，那这家伙必然会往反方向去。

"他定期服用药物吗？"他问克莱贝尔，"医院定期进行检查吗？"

这时候简单开始嘟囔了。

"嗯……"

"哈，他还是会发出声音的。"安佐说道。

简单对艾莉娅——只对艾莉娅一人说：

"我可以吃一块饼干吗？"

"可以，给……"

她用手指捏起一块奶油饼干递给简单，好像他是一只小狗。克莱贝尔从来没有觉得这样被羞辱过，他尝试着做出了最后的努力：

"实际上，他的智商相当于三岁的孩子。"

"哈，那倒是跟克朗丹一样。"安佐从来不会放弃任何捉弄他朋友的机会。

这笑话让气氛顿时轻松了不少。艾莉娅开始给所有人倒咖啡。

"他能喝咖啡吗?"她问克莱贝尔。

"不行,咖啡会让他兴奋的。"艾玛纽埃尔说。

这帮年轻人的愚蠢让克莱贝尔绝望。他们比姑奶奶还要糟糕!可克莱贝尔越是觉得难熬,简单反倒越是开心。艾莉娅的微笑和那饼干肯定起了不少作用。

"她很好看,那女士。"简单好像是在对饼干说话一样。

"我觉得他比克朗丹还早熟些。"安佐说。

简单看了他一眼,然后害羞地用手指着他,轻声对弟弟说:"他叫什么名字?"

"我叫'维尼熊'。"安佐介绍道,然后指着克朗丹,"他呢,他是兔子瑞比。"

"兔"这个字眼刚落地,简单的手就伸进口袋里,然后桌子上冒出了两只耳朵。

"嘿,你们好。"简单摇晃着兔子说道。

"这是什么?"安佐带着厌恶的神情说。

"猜猜它是谁?"简单一脸胜券在握地说,"它的名字里有个'in'。"

"是小兔先生。"克莱贝尔希望早点结束自己的痛苦。

"答对了!"

简单摇晃着兔子的耳朵，艾玛纽埃尔往椅子里坐了坐。

"哦！他这种情况的时候难道不需要吃药吗？"

一看艾玛纽埃尔担心了，安佐立即选择对立立场：

"别啊，我觉得他有趣得很！而且他的兔子也好玩。"

"我，我有一把刀。"简单说道。

"那我呢，我有一把刺刀！"安佐用孩童的口气说。

简单笑起来，好像他听懂了这是个玩笑。

"他看起来性格不错。"克朗丹说。

克朗丹感觉到安佐正在改变主意。

"他对人很热情。"克莱贝尔肯定地说。他心中突然燃起了某种希望。

他想起那些关于电话、手枪，还有各种让他觉得和哥哥在一起的美好时光。艾莉娅给简单倒了点咖啡，他一边舔着咖啡，一边做着鬼脸。

"你们要看看房间吗？"艾莉娅问道。

克莱贝尔不敢相信自己的耳朵。他们也许有机会能租下这两间房间。

最后两间空着的房间在走廊的尽头。房间里摆着极为简单的家具，贴着蜡黄的墙纸。克莱贝尔高兴得很。这两间房间是打通的。简单明白了其中一间房间将会是他的，他评价道：

"难看。"

陪着他们的艾莉娅说：

"我们把好看的房间留给自己了，很自私。"

"没有关系，我们会很好的。"

克莱贝尔毫不犹豫地展露出他内心的幸福感。而艾莉娅，这个生活上只会考虑自己的人，也觉得有点高兴。她正在帮助一个善良的男孩，以及他的残疾哥哥。

"好吧，"她愉悦地说，"你们什么时候住进来？"

得先解决各种物质问题。这些谈话应该会让简单觉得无趣。

"我给你带了玩具。"克莱贝尔对哥哥说。

他打开包，从里面拿出几个百乐宝。

"你有'枪手'吗？"

"没有，我没有带来。"

"我要'枪手'，百乐宝'枪手'，牛仔小人用的。"简单固执地说。

艾莉娅看着兄弟俩。尽管她有良好的意愿，可她还是觉得有点害怕。

"嗯……我到客厅里等你。"她说。

她一走出去，克莱贝尔立即一把抓住哥哥的衣服。

"你给我听好了……"

"我不要去玛丽十字……"简单恳求着。

"你不会去的。"他轻声地说,"他们接受我们了。我们会住在这里,但是你得听话。我能让你一个人在房间里玩吗?"

"我不是一个人!"

他摇晃着兔子。克莱贝尔环视了一下房间,确认里面没有闹钟、电话,没有任何可以让人怀疑里面住了个小人的东西。于是他回到了客厅。

"太好了。"他立即说。

他接受了租房条件,所有人分担家务活儿和共同生活的各种开销。接下来是叫人尴尬的问题了。

"你去上学的时候,谁来照顾你的哥哥?"艾玛纽埃尔问道。

"他习惯一个人。他会自己玩,涂颜色,看他的图画书……"

"电视呢?"克朗丹说。

"不怎么看,倒是看动画片的录像带。"

"我有所有《小熊维尼》的带子。"安佐说。

他对公寓里即将住进个傻瓜而感到很高兴。

就在克莱贝尔努力让大家高兴的时候,小兔先生占据了它的新兔子窝。

"这可不怎么样。"它说。

然后它注意到了大床上的被子。

"我们能造个洞吗?"

很少有人知道，用被子可以做一个非常好的兔子洞。简单用被子、枕头搭着洞穴。小兔先生把耳朵试探着伸进去。

"里面舒服吗？"简单问。

小兔先生很努力地、有点声嘶力竭地抱怨道：

"不怎么样。"

它重新钻出来：

"里面连椅子都没有。"

"可是很安静啊。北面，南面，西南。"简单背着他刚学会的那些方位词。

"你没有椅子？"小兔先生坚持道。

简单看看四周，用掌心敲着脑袋。对了！架子上有几本书，这可是最适合兔子的家具。所有的书都消失在了被子底下，变成了桌子、椅子和床。

"床真硬！"小兔先生抱怨着。

叠起来的桌布可以当床垫。因为一直钻在兔子洞里，简单热得不得了。他脱掉了外套、衬衣，还有鞋子、袜子。

"我，我光着身体。"小兔先生鼓励道，"你也脱光吧。"

简单拒绝脱光衣服，因为他有刀。玩了一个小时后，房间里乱得一团糟，玩游戏时衣服和玩具散落一地，床上也乱成一团。克莱贝尔回来找他的哥哥时，安佐正陪着他。

"简单，你在干吗呢？"

简单看看四周，看起来好像做错事的样子。

"我在造工地。"

安佐走进来。

"你兄弟把房间变成菜市场的速度，创造纪录了。"

"他会整理干净的。"

已经下午四点多了，克莱贝尔也不再生气。

"赶快整理，"他说，"你为什么把衣服脱掉？"

"为了当兔子啊。"

接下来的几天是很愉快的。马卢里兄弟搬进了公寓。确切地说是克莱贝尔在搬东西的时候，简单向小兔先生做现场解说。

"这是我人生中最美好的一天。"克莱贝尔说。他刚刚从家具下找到第二个百乐宝滑雪板。

如果这一刻有人提出拿一个正常人同简单做交换，克莱贝尔一定会拒绝这提议。

"来，我们跟姑奶奶说再见。"

克莱贝尔拥抱着老太太，感谢她的照顾。

"简单，来拥抱一下姑奶奶？"

"不。她臭臭的。"

两兄弟很快来到了街上。站在对讲机前，克莱贝尔让哥哥按下"合租"那个按钮。可简单不满足于那一个按钮，他按下了所有按钮，喃喃自语：

"7，9，12，B，1000，100。"

"喂？"

"谁？"

"是谁？"

简单怪怪地看着对讲机。

"这里面有好多小人。"

他们走进大门——窗帘被拉开，看门人看着新来的租客。

客厅里，四个大学生聚集在一起庆祝马卢里兄弟的到来。克莱贝尔一边同大家交谈着，一边整理着。可简单的脚还没有再次踏入公寓里。和第一次一样，他看起来有点害怕和紧张。他紧紧抱着个装满玩具的包。

"他能喝酒吗？"艾莉娅问克莱贝尔。

"当然不行。"艾玛纽埃尔说，"吃药怎么能喝酒。"

未来的医生坚信不疑，简单肯定吃了一大堆治疗精神疾病的药物。他转向克莱贝尔：

"是生育的时候脑子的一部分受到伤害了？"

"艾玛纽埃尔，谢谢你。"安佐说，"不过你还是等他死了，再做你的解剖报告吧。除此以外，小兔先生在这里觉得高兴吗？"

"它是个玩具。"简单回答道。

没有收到邀请是无法进入他的世界的。

"没有点心了吗？"简单问艾莉娅。

"今天有咸饼干。"

所有人都坐了下来，喝着东西聊着天，但所有人也都用余光偷偷看着简单。他先是拿起了一块椒盐饼干，尝了一口，说了句"叵叵"，之后放回了碗里。接着他咬下一口奶酪饼干，评论了句"难吃"，也放回了碗里。

"等等，他不能一块块这么试吧！"安佐抗议道。

"你差不多跟他一样恶心。"艾莉娅说。

"什么？"

"你在巧克力酱的瓶子里直接挖着吃的时候！"

就在简单往烟灰缸里吐着咸杏仁的时候，安佐没有耐心了：

"他恶心死了！"

克莱贝尔一把抓住哥哥的袖子，强迫他站起来。

"我还没有都尝过呢！"简单生气地喊。

"到房间里来。你这样很不好。快点，拿上你的包，跟我进来。"

兄弟俩的离开留下一阵令人尴尬的沉默。

"看来不是那么容易的。"克朗丹说。

第三章

小兔先生希望每个人
　都有小鸡鸡

简单醒得早。克莱贝尔教过他让他看图画书,安静地等着他起床。但是这天,合租世界那扇吸引人的门敞开了,简单实在急不可耐。他并非故意穿着睡衣、光着脚就来到走廊里的。整个公寓都浸润在清晨半梦半醒的美好氛围里。简单明白所有人都在睡觉,他对自己说:"嘘!"之后他走到走廊的中间,那寂静令他害怕。他跑回自己的房间,猛地跳到床上。

"你怎么了?"小兔先生问。

"没什么。"

真让人害怕。

"你跟我一起吗?"简单问。

"我们挖个洞?"

未知让简单蠢蠢欲动。他抓着小兔先生的耳朵再次来到了走廊里。他踮着脚走路,然后在一扇门前一动不动。他发现里边有神秘的声响。简单把耳朵贴到门上,他有两种假设:要么是两只狗在打架,要么是对讲机里的小人在跳。简单抵御着从门锁里往里面看的欲望,朝客厅走了过去。

看到茶几上剩下的咸饼干点心,他胜利般地喊出了一声"啊"。那些点心里有弟弟没让他来得及尝的咸奶酪。他拿出一块胡椒口味的奶酪,塞进嘴里。他满脸通红地立即吐掉了那辛辣的玩意儿。

"毒药,这是毒药!"小兔先生一边跳一边喊,"赶紧喝水。"

它把威士忌瓶子推向简单。简单倒了大半杯,喝了下去。他以为自己要噎死了。

"你要死了!"小兔先生说。

简单跑到厨房,打开水龙头把脑袋伸到下面。他喝了一大口水后直起身体,水龙头也没有关。他注意到有一样很有意思的东西。

"火。"他对小兔先生说。

烟灰缸边上有个打火机。简单用手指触碰着,等待火苗从里面冒出来。

"拿着拿着!"小兔先生鼓励道。

"这里面没有小人吗?"

"没有!不然它肯定烧坏了。"

简单拿着打火机,眼睛看着天花板。他不想看到他手里拿着的东西,因为克莱贝尔肯定不会同意他拿这个的。他充满了罪恶感。这时候一扇门被打开的声音让他吓得跳了起来。他把打火机滑到袖子里，准备回他的房间。可公寓那么大，简单搞不清楚方向了。他径直朝着卫生间走过去，而艾莉娅正裹着艾玛纽埃尔的 T 恤衫跑进卫生间。早上七点，她心想所有人都在睡觉，所以这个点她从来没想过要把卫生间的门上锁。她走进浴缸，打开水龙头，拿起沐浴露，然后……发出一声尖叫。简单打开了卫生间的门。

"你在这里干什么？快走！"

简单看着她，眼睛都快要掉出来的样子。

"你没有鸡鸡吗？你后面也没有鸡鸡？"简单还是不放过她，看起来十分震惊的样子。

艾莉娅用喷头朝简单淋水，以此作为对他的回答。

"她把我都弄湿了。"简单很不高兴地说。

"我也是。"小兔先生说。

他们跑到公寓的另一头，躲进房间里。

"她真坏。"简单说。

但这并不是最困扰他的。

"你看见没有，她没有鸡鸡。"

"女孩子就是这样。"小兔先生一边说，一边把耳朵伸展在枕头上。

"她们都没有鸡鸡？"

"没有。"

简单困惑极了。

"也许有个很小的呢？可能我们看不清楚……"

"用显微镜可能会看到？"小兔先生问。

简单并没有沉浸在思考里的习惯。他很快就放弃了这个敏感的话题，摇着睡衣的袖子。他欣赏着偷拿回来的东西，然后把它藏到柜子里一件薄绒衫下面。

艾玛纽埃尔走进厨房的时候，立即发现水龙头是开着的。

"肯定是安佐干的。"他说着关上了水龙头。

一想到他的情敌，他的嘴角忍不住浮现出一个得意的微笑。他觉得自己英俊、强壮，充满了男子气。他知道自己马上就要到巴黎医院实习，他会跟艾莉娅结婚，然后他们会有孩子。与此同时，安佐仍然一事无成。

他数着放进咖啡壶里的咖啡勺数。

"5，6……"

"12，9，B，1000，100。"

艾玛纽埃尔跳了起来，转过身：

"啊，是你……您……"

他并不想用"你"跟他说话。他希望用敬称同简单说话，以保持距离。

"您……今天早上，你吃药了吗？"

"你的药不好吃。"

简单同他说话的时候声音里是有敌意的。艾玛纽埃尔让他想起玛丽十字中心。

"他在这里。"艾莉娅走进来。

艾玛纽埃尔顿时觉得放心了。

"安佐忘记关水龙头。"他说。

"你觉得是安佐?"

艾莉娅用眼睛审视着简单。

"不是我,是小兔先生。"

"背锅的永远是兔子。"艾玛纽埃尔嘟哝着。

他又加了两勺咖啡:

"我觉得我们没有找对合租的人,你不觉得吗?"

艾莉娅向他做了个手势,意思是他们议论对象中的一个就在眼前。

"你可以说你是怎么想的,"艾玛纽埃尔说,"他是傻瓜。"

"白痴。"简单纠正道。

"他完全能听懂我们的谈话。"艾莉娅说。

两个大学生坐下来吃早餐,也不在意简单。他们准备着烤面包,嘴里说着:"黄油,亲爱的。""果酱,宝宝。"简单肚子饿了,他试着对艾莉娅说:

"蛋糕,亲爱的。"

她笑了起来，跑去柜子里拿奶油饼干。

"给你，宝宝。"

"我不是宝宝了。我有刀。"

艾玛纽埃尔把咖啡杯猛地放在桌子上，小声说：

"搞什么。"

"放轻松点，"艾莉娅说，"他又不麻烦。"

"是吗？你这样觉得？"

"我就是这么觉得。"

两人的目光碰撞在一起。

"女士很善良。"简单对着饼干说，"可她还是没有鸡鸡。"

艾玛纽埃尔站起来：

"我受不了了。我……我回房间了。"

真让人难以相信。一个平时那么自信的男孩，居然在简单面前无所适从。艾莉娅独自吃着早餐，简单呢，则低声同三把勺子做着游戏。两把汤勺分别是勺子爸爸和妈妈，咖啡勺则是宝宝。

"你是个白痴。"勺子爸爸对勺子宝宝说，"我不要你了。"

艾莉娅沉浸在她的白日梦里。她听到了简单的游戏。

"勺子妈妈会死掉。勺子爸爸要把勺子宝宝放到收容中心。据说这样比较好。"

简单把小咖啡勺放进咖啡里。

"救命,我要沉下去了!咕噜咕噜,沉下去……勺子宝宝会死在玛丽十字中心,弟弟把他带到了另一个家……"

简单在桌子上找着什么。他看见艾莉娅碗边上的勺子。他用食指和大拇指做出小人形状向着艾莉娅的方向爬过去,然后让小人从上面"看着"她。

"我需要勺子。"他低声说。

她把勺子递给他。简单对她露出一个大大的微笑。

"这是它的弟弟。"他解释道。

"他会到收容中心去找宝宝的,对不对?"

简单点了点头。他看起来是如此幸福,艾莉娅的眼泪涌了出来。

"你在这里高兴吗?"

他又点了点头。

"不过它说不定会长出来的?"

"什么?"

"你的鸡鸡。"

安佐不是个醒得早的人。但是艾莉娅和艾玛纽埃尔的动静又把他的睡眠打断了。他听着,在床上翻过来翻过去,看了一会儿书,然后愤怒地爬起来。

安佐有一个秘密花园:一个大本子。那是他倾吐心声的地方。十五岁的时候,他开始写诗歌,克朗丹觉得棒极了。十七岁时,他写了幽默短篇小说，克朗丹仍然觉得棒极了。现在，他在写一部长篇小说，而且没有告诉任何人。上午十一点左右，他从房间里走出来。他饿得要死，头又痛，刚写完半个章节。那故事讲的是通过偷听隔壁邻居的爱情生活而满足自己心理需求的男孩的事。

"你好，维尼熊。"简单在客厅里迎接他。

"你好，傻瓜。我的真名叫安佐。"

"我呢，我的真名叫简单。"

"你倒是挺懂得公平之道的。"安佐说着，整个人瘫坐在沙发上。

他把简单堆在沙发上的靠垫一把推开。

"克莱贝尔是不是死了？"简单问。

"他没有起来吗？"

简单摇摇头。

"他也许只是即将死了。"安佐安慰他。

他抓起地板上的百乐宝。

"这是牛仔。"

"嗯。我小时候，他们是穿蓝色的束腰衣服的。"安佐说，"他们是最厉害的。"

"最厉害的是治安官。"

"不对，是蓝衣人。"

"是治安官。"

两人对视着,简单不让步。

"你可真难缠哈?"

"哦哦,这个词不好。"

安佐把脑袋靠在沙发上,疲倦地笑着。

"我要克莱贝尔。"简单有点不安。

安佐站起身。他觉得那弟弟有点过分了,让其他租客照顾这傻瓜。

"来,我们去把他喊醒。"

克莱贝尔熟睡着。这是好几天来,他第一次睡得如此安稳。简单跳到床上摇着他。克莱贝尔突然吃惊地坐了起来,找着眼镜。他看见了眼前的安佐。

"几点了?"

"下午六点。"

克莱贝尔拿起床头柜上的手表,指针显示将近中午十二点了。

"浑蛋!"

"哦哦,这个词不好。"简单和安佐一起说。

三人一起回到了客厅。大门砰的一声关上,进来的是克朗丹。

"我去买打火机了。"他对朋友说,"我的找不到了。"

他看了简单一眼。

"他还好吧？"

"嗯，在对我进行再教育。"安佐说。

他拍了一下简单的肩膀：

"这任务不简单，是吧？"

"哎哟！"简单喊起来。

克莱贝尔很快又照顾起了哥哥。天气很好，他决定带他去散步。楼梯下面站着一个老头，他一手扶着楼梯扶手，一手拄着拐杖，看起来像是在等两兄弟。

"你们又把垃圾道堵住了！"他对他们说，"我会去告诉业主委员会。我受够了！"

克莱贝尔抬起眉毛，什么都没有回答。

"这两个是新来的！"老头生气地说，"这房子里住了多少人？"

克莱贝尔觉得最好还是不要回答。可简单大声说：

"这个人有一根拐杖。他马上就要死了！"

克莱贝尔忍着不笑出声，把哥哥往街上推。

"我们要去买点东西，简单。没有咖啡和果汁了。"

"橙汁。"

对简单来说，果汁等同于橙汁，雪糕都是香草口味的，面条必然是番茄酱味道的。

"你觉得我也会死掉吗？"简单问。

"你还很小。"

"可是等我不再小了……"

克莱贝尔微笑着回答："你会一直很小。所有人有一天都会死，但是你离这一天还很远。"

"12年？"

"比12年要久。"

"1000，20，B，100。"

"差不多吧。"

简单思索着。

"你呢，你什么时候会死？"

"我不知道。你能不能换个话题？"

简单想像大人一样交谈。

"你知道女孩子在想什么吗，克莱贝尔？"

克莱贝尔心想，他希望自己多了解一些。

"你在想艾莉娅，是吗？她很好看，是不是？"

简单不回答。他的弟弟看起来对女孩子的问题好像并没有知道很多。两人走进一家超市。超市入口处站着一个戴着棒球帽的保安，他两腿分开，两只手交叉着挡在裤裆前，好像是在防止有人突袭似的。

"这是个士兵。"简单用手指着他。

"不许这样用手指着人。"

再继续走了一段,简单开始走得慢吞吞的了。那里放着很多给小孩看的图画书。

"我什么都不会买。"克莱贝尔说。

简单停下来,瞪圆了眼睛。

"你在看什么?"

简单指着一本粉色的图画书,上面有两只看着像在赌气的兔子,背靠着背,双手交叉抱在胸前。克莱贝尔低声读着书名:

"《我的小兔子恋爱了》。"

两只兔子里有一个是女孩。简单用手指着她说:

"这是只女兔子。"

克莱贝尔抓着简单的袖子,可他好像脚下生了根一样。

"那是只女兔子。"他重复着,似乎这是件无比重要的事情。

克莱贝尔叹了口气,翻了翻书。最后一页上,两只兔子充满温情地拥抱在一起。

"我不知道你是不是到了读这书的年纪。"他半开玩笑半认真地说。

一回到公寓,简单跑着喊:

"小兔先生!我有本兔子的书!"

"给我看,快给我看!"

简单关上卧室的门,把书放在小兔先生面前。

"《我的小兔子恋爱了》。"他说。

小兔先生一下子跳起来：

"有个小兔女士呃！"

"你恋爱了。"简单嘲笑它。

小兔先生吻了封面上的小兔女士好几下。

"你想生小兔子吗？"简单问。

两人互相看着对方。这可不是个简单的问题。

下午楼下邻居来敲门的时候，一切就变得更复杂了。

"维勒迪奥先生。"安佐语调轻松地同他打着招呼，"维勒迪奥太太好吗？"

"您，够了！"邻居不客气地说，"您又把垃圾道给堵了。我跟您说过，体积大的垃圾不能这么乱扔。"

他走进来用拐杖指着安佐，让人觉得其实他并不需要拐杖。

"刚才盼我死的人在哪儿？别撒谎，我知道他在您家！"

他看着安佐的周围。

"我会到业主委员会去说的。看看，看看，她在这里，在这里！"

这是他跟艾莉娅打招呼的方式。他响亮的声音引得她来到了客厅。

"啊，就是他，是他！"他看到简单后立即喊了起来，"我警告你们，要么向我道歉，要么我去业主委员会告你们。"

克莱贝尔立即说：

"我的哥哥有智力缺陷，先生。他不是故意要冒犯您的。"

"一个精神病！"维勒迪奥先生尖叫起来，"你们没权利让他待在这里！这是幢只能用来住人的布尔乔亚住宅。他会放火的！"

简单把眼睛睁得圆圆地看着他。这人怎么知道他偷了打火机的？维勒迪奥这名字真让他害怕。

"我们跟您说的是他是智障。"安佐生气了，"不是疯子。"

"是白痴。"简单低声说。

"而且这与您无关。"艾莉娅补充道。

"跟我有没有关我们走着瞧，小姐。下周有业主委员会会议，我向您保证，我会就此话题发言。"

走到楼梯上，维勒迪奥先生回想着他刚才在那公寓里看见的男孩子们。总共有五个。五个男孩一个女孩。

"我要杀了他！"邻居一走，简单就说，"我有'枪手'。"

他从口袋里掏出手枪。艾莉娅、克朗丹和安佐都吓了一跳。

"等等，他从哪里弄来的？"安佐问。

"这是把警报枪。"克莱贝尔有点尴尬地说，"没有危险的。"

安佐把手伸向简单：

"给我看看。"

"你要还给我的。"

安佐拿过手枪,摆出一副知根知底的样子,用枪瞄准艾莉娅好半天。

"够了吗?"她有点恼怒地说。

他感觉到唇边有一股强烈的欲望,想要对她说:

"你等着,你会爱上我的!"

但是他放下了手臂。事情可不是那么简单的。

第四章

小兔先生去做礼拜，
　　忘记回家了

星期天的早上,克朗丹惊讶地看着简单和克莱贝尔穿得极为正式地出现在他面前。

"你们穿成这样是要去哪里?"

"去做礼拜。"

"这东西还存在?"

在他的脑子里,这东西和鱼油、戒尺一起,同时消失了。

到了楼梯处,简单问他们是不是必须去做礼拜。

"是的。"克莱贝尔回答道。

"时间长吗?"

"1个小时。"

"1,跟12一样?"

"1就是1。"

星期天的早上克莱贝尔话很少。两兄弟到教堂的时候礼拜已经开始了,两人偷偷溜到最后一行。简单喃喃地说着"阿门,加油路亚"。

"是哈利路亚。"克莱贝尔说,"这里不是环法自行车比赛。"

这时候,又有两个人进了教堂,他们比马卢里兄弟来得还要迟。那是一个拄着拐杖的老先生和一个比他年轻得多的、圆润的女士。

"往前面走,往前面。"她一边轻声地说,一边动作猛烈地推着她的老丈夫。

简单踮起脚尖,对克莱贝尔说:

"那是上帝先生。"

克莱贝尔微笑起来。那是维勒迪奥先生和女士,他们就坐在两兄弟的前面。当老先生看见他们的时候,眼神里带着惊讶与愤怒。这傻瓜来这里做什么?况且,什么时候开始年轻人也做礼拜了?

"真长。"简单叹着气说。

"才刚刚开始。"

"我能去看那幅画吗?"

他用手指着一幅深色的、庄严的油画,那是一幅《基督降架》图。当他第三次提出要求的时候,克莱贝尔让步了。

"去吧,你太烦人了。"

"哦,哦……"

"我知道,我会忏悔的。快走。"

维勒迪奥先生把头转向他们，清楚地向他们表达着他的不满。然后他的眼光追随着简单。简单走到侧廊，久久地凝视着受刑的基督，凝视着他手上、脚上的伤痕和荆棘冠下流淌的血迹。

"不好看。"他认真地说着。

然后他看着忏悔室。这木头的房子已经叫他好奇很久了。他把脑袋从帘子里伸进去。

"里面一个人都没有。"他低声说。

他钻到忏悔室里，坐在给忏悔者双膝跪在上面的凳子上，从口袋里拿出了小兔先生。

"噗，礼拜时间真长！我们这是在哪儿？"

小兔先生看着四周，看起来兴奋得很。

"有个洞！我们做游戏吗？"

几分钟以后，管风琴声在教堂里隆隆地响了起来。简单想象着克莱贝尔会怎样对他板起脸。

"你在这里等着，小兔先生。我先去做下礼拜然后再回来。"

"我给你留着座位。"小兔先生对自己能逃避这个苦差事而高兴得不得了。

当哥哥重新回到他边上的时候，克莱贝尔表现得非常不高兴。

"你不能这么随便消失！你跑去哪里了？"

"在洞里。"

克莱贝尔耸了耸肩膀，不准哥哥再随便乱玩。礼拜结束后，简单觉得开心得不得了。

"也不是那么长。"他满意地说。礼拜的最后十五分钟，他都在不停地用脚踢小跪凳。

这个下午的自由时间，克莱贝尔带着哥哥去坐了塞纳河上的游船，他三次挽救了差点掉下水的哥哥。然后他们一起去吃了贝尔蒂雍家的冰激凌。简单要求售货员把所有的口味一个一个地给他看。

"百香果、番石榴、蜂蜜花生糖、卡布奇诺……"

简单要了两球的冰激凌。

"香草！香草！"

晚上只有马卢里兄弟在公寓吃晚餐。其他人都出去溜达了。一进自己的房间，克莱贝尔就把闹钟调到早上七点，并准备好书包、笔、纸、记录本。他有点惴惴不安。这时候有人来敲门。

"你还不睡觉，简单？"

简单摇摇头。

"小兔先生还没有回来。"

"什么？"

"小兔先生什么时候会回来？"

"你别跟我说……"

克莱贝尔顿时觉得无力极了。

"你把你的兔子弄丢了?"

"是小兔先生。"简单纠正道,"我要它现在就回来。"

克莱贝尔困难地咽着口水。他才想起来,一整个下午他都没有看见小兔先生的踪影。

"你认真找过了吗?他不在你那一大堆玩具里?"

"它在做礼拜。"

"在……"

克莱贝尔小声说:"我的上帝啊。"在此情境下,这倒是句合时宜的话。

"但是在哪里?"他喊起来,"在做礼拜的哪里?"

"在小木屋里。"

克莱贝尔把手按在脑门上,尝试着集中精神:"小木屋?你说的是忏悔室!你把它留在那里面了,对不对?"

克莱贝尔低声说:"哦,真是的。"这次简单并没有责怪他,因为此刻他的脑子里混乱得很。

"为什么它不回来?"

克莱贝尔喊起来:

"是啊是啊,我也在想为什么!它明明知道没有它你没办法睡觉的!"

"它不好。"简单责怪道。

克莱贝尔开始在房间里走过来走过去：

"这下我该怎么办？"

即便没有任何小孩拿了玩具，教堂晚上也是关门的。简单今天晚上只能没有小兔先生的陪伴自己睡觉了。

"明天看怎么办吧，我明天去教堂。今天晚上你没办法和小兔先生睡觉了……"

话还没说完，他就在简单的眼睛里读出了忧虑。

"你可以让牛仔小人陪你。"

眼泪在简单的眼睛里打转，然后有泪水落在他的脸颊上。

"我要它回来。"

"对不起，但是今天不可能了。因为它不是一只真的兔子，它没有腿，不会走路。它是个玩具！"

克莱贝尔忍不住吼了起来，哥哥的忧伤让他惊慌失措。简单用两只手捂着耳朵，往房间跑。克莱贝尔咬着手指，努力让自己平静。为了一个玩具搞成这个样子，真是可笑。可是当他的手碰到哥哥的眼睛的时候，他发现他在哭，这真可怕。"咚咚咚。"又有人在敲门。他吸了吸鼻子。

"谁？"

是安佐。

"嘿……你怎么了？"

还没来得及回答，克莱贝尔就睁大了眼睛。安佐的手上拿着小兔先生。

"你在哪里找到的？"

"好玩得很，它就在门外。"

"门外？"

"是的。它肯定是因为个子不够高，没办法按门铃。"

安佐讲的是事实。他在门口的垫子上发现了小兔先生。克莱贝尔立即跑到哥哥那里喊："找到了，找到了！"可他突然意识到他忘记拿兔子了。于是他又跑回来，从安佐手里接过玩具，跑去敲简单的门。

"走开！你坏！"

克莱贝尔推开门，小兔先生的脑袋伸了进去。

"嘿！"小兔先生晃着耳朵。

"它回来了！"

蜷缩在墙角里的简单一下子跳起来，一把把小兔先生抢过来，紧紧地搂着它。克莱贝尔终于可以去睡觉了，一个幸福的画面深深地刻在他的脑海里。

当门关上的时候，简单把小兔先生放到耳边：

"你为什么留在做礼拜的地方？"

他的问题里带着某种责怪。

"因为我想看看晚上是什么样子的。"小兔先生颤抖地说。

"是什么样子的？"

"很黑。"

"有怪兽吗？"

"有一些。"

可小兔先生勇敢极了。

"你不会再在晚上逃走了吧？"

"再也不会了。"小兔先生保证道，"你也不会再把我留在小木屋了吧？"

简单摇了摇头。这一次，他和小兔先生都害怕得很。简单没有了小兔先生，那就跟小兔先生没有了简单一样：一切都结束了。

这天晚上，简单幸福甜美地睡着，可是克莱贝尔却失眠了。是即将到来的开学，还是小兔先生自己"走"回来这件事让他失眠了呢？

第二天的早上，克莱贝尔做好了去学校的准备。虽然有小兔先生，可他仍然希望能多给哥哥些陪伴。他在厨房里遇上了安佐。

"起得真早。"

"不是我的错。"安佐嘟哝着。

"我要去学校了，今天开学。"

对面没任何反应，安佐喝着咖啡。

"你今天早上在这里？"

"你希望我在哪里?"

"你介不介意……虽然不会有问题……不过你能不能帮我看着我哥哥?"

"这里没写着'护士'两个字。"安佐指指自己的额头。

克莱贝尔什么都不再说了。请合租的人帮忙不是个好主意,这会让他们不高兴的。

"好了,"安佐说,"我帮你看着他,你的傻瓜。"

这时候克莱贝尔明白安佐是善良的。但是他并没有让安佐知道自己在想什么。

回到房间,安佐继续写他的书。但是他的脑子里想着艾莉娅。她吃饭,列购物清单,擦唇彩,艾玛纽埃尔吻她。

安佐想象着自己是艾玛纽埃尔,把拳头按在嘴唇上。

"这样不行。"他低声说。

他伸了伸懒腰,决定去找傻瓜聊天,换换脑子。

简单在客厅里。他喜欢待在地毯上,在沙发和座椅之间的地板上玩。所有百乐宝的宇航员都被他拿了出来,在他们的面前有一整个军团,有牛仔、印第安人、拿破仑士兵、哥特人,还有美国士兵。简单趴在地上,抬起头,对着安佐露出一个大大的微笑。

"在打仗!"

安佐一屁股坐进扶椅里。

"谁打赢了？"

"时代军队。"简单指着他面前的那些东拼西凑来的军团。

"那他们的对手叫什么？"

"玛丽十字。"

简单跪在地上，他慢慢靠近安佐，对他说：

"我们正在把玛丽十字打得落花流水。"

"你真厉害。"

"那你呢？"

"我？我什么都怕。连女孩我都害怕。"

简单看看安佐。他知道那个秘密吗？简单又离他更近了一些，依然跪在地上，低声说：

"女孩子，她们没有鸡鸡的。"

安佐好半天没出声。他肯定是被这惊天"秘密"震住了。

"你确定？"

简单点点头。

"我看见艾莉娅没穿衣服。"

安佐吓了一跳。

"什么？在哪里？"

"在卫生间。"

"啊，她没有锁门⋯⋯"

还没说完,安佐就哦了一声。简单打开了安佐的"眼界"。

"安佐!"艾莉娅喊。

"嘘!"安佐对简单边眨眼睛边说道。

"我在客厅!"

女孩走进来。她穿着短裙,一双网球鞋,头发乱糟糟的。虽然她不在乎自己能制造的效果,可她知道自己突然出现在安佐面前会让他透不过气来。对她来说,安佐只是个孩子,是她弟弟的童年好友。

"我今天早上没时间去买东西,我知道轮到我……"

她做出一副苦恼的样子,安佐张着嘴巴看着她。

"你能去买巧克力榛子酱和卫生纸吗?尤其是你现在老用勺子吃巧克力酱。"

"卫生纸?"

艾莉娅假装笑着:"是的是的。你能不能买?"

"不能。"

"有太多事情缠身?"

"是的。"

就在他们对话的时候,简单不停地一会儿看这个,一会儿看那个,好像在看一场网球比赛一样。他觉得是合适的时候了,便问道:

"恋爱是什么样子的?"

两个年轻人有点尴尬地大笑起来。然后安佐对艾莉娅说：

"快去吧。你的爱人会服从你的。"

艾莉娅红着脸走出房间，她喊道：

"艾玛纽埃尔，你准备好走了没有？"

两个医学院的学生离开了公寓。安佐去找他的笔记本。他要强迫自己每天写一点。他觉得和一个傻瓜做伴会带给他不少灵感。简单则继续着他的游戏：

"会有一个很厉害的时代士兵，他会俘虏一个玛丽十字。"

这个很厉害的时代士兵是个维钦托利一样的战士，骑着马，简单让它在地板上跑。"驾驾。"安佐看着他的本子。一个傻瓜的故事，一个傻瓜发现爱情的故事……一个小时后，安佐仍然在写。

"你写了很多东西。"一个声音在他边上响起来。

简单依旧跪在地上，手臂靠在扶椅上，眼睛看着安佐的笔。安佐朝他弯下腰，脑袋轻轻碰着他的额头。

"咚。"简单觉得很好玩。

"你知道你是我的朋友吗？"安佐轻声说。

"嗯。"简单也轻声回答着。

克莱贝尔虽然人在课堂上，但他的精神难以集中。简单千万不要做出什么蠢事来！假如他把安佐弄烦了呢？

"对于缺席的问题，我们会格外严厉。"物理老师说道，"所有缺席者都必须有正当理由。"

幸好不和父母住在一起。克莱贝尔想。他的课表时间已经让他很头疼了。星期一和星期二他都要下午六点才能回家。

在讲完话后,老师把每个学生喊上去,要求他们写下具体的出生日期和希望学习的专业。

克莱贝尔的右边坐着的是个女孩,不到十七岁,她写的是她要学希腊语。她的名字叫扎哈拉。克莱贝尔的眼睛像画笔一样追踪着女孩的侧颜。她的额头饱满,鼻子微微翘起,有着深色的嘴唇和棱角分明的下巴。她来自东方的哪个国家呢?有着一颗浪漫灵魂的克莱贝尔立即幻想起了后宫、奴隶市场这些东西。

"马卢里?"老师说,"克莱贝尔·马卢里?他不在这里?"

"在在,到!"克莱贝尔惊得跳了一下。

学生们大笑了起来,因为他的名字和他吃惊的样子全然相符[1]。扎哈拉淡灰色的眼睛转向他。她没有大笑,但是她的唇边现出了一个微笑。

下课的时候克莱贝尔注意到另一个女孩。一个红发女孩,双颊圆润,梳着马尾辫。他想要轻轻走到她身边,在和她擦肩而过的时候轻轻触碰她。仅仅是看着她,克莱贝尔就心满意足

---

[1] 在法语中,吃惊(ahuri)与克莱贝尔的姓氏马卢里(Malhuri)发音相似。

了。他想起哥哥问他的问题："你知道女孩子在想什么吗，克莱贝尔？"不，他不太知道。他真想认识她们。他想知道红发女孩的名字，还想知道扎哈拉来自哪里；他想知道她们的电话号码，然后跟她们约一次会！可他根本没有时间去细想这些。他向勒莫纳主教街跑了过去。

楼道的入口处，一个正准备去坐电梯的人转向他。

"啊，是您？"维勒迪奥先生说，"怎么样，那白痴？"

克莱贝尔差点回他一句"你才是白痴"。可老头立即继续说道：

"我打赌他重新找回那个脏兮兮的玩具，肯定高兴得不得了，是不是？"

"什么？"

维勒迪奥先生告诉他，他看见简单在忏悔室跟他的玩具玩。礼拜结束以后，维勒迪奥太太想点支蜡烛，结果维勒迪奥先生在忏悔室边上发现了两只露出来的兔子耳朵。

"我们回来的时候已经很晚了。我把兔子放在门口，这样不会打扰你们。"

克莱贝尔连连感谢着，同时又有点失望——小兔先生的故事居然是以这样的方式结束的。

他回到公寓，心里一点都不轻松。他一直以为简单忍受孤独寂寞的能力很强，实际上他一点都不了解简单。

"简单?"

他在客厅里,正同安佐玩着小马。

"我会数数的!"简单喊,"1,2,3,4,B,12!"

"进步了,进步了。"安佐一脸挫败地说。

这天夜里,勒莫纳主教街的住客们都梦见了什么?克莱贝尔游走在扎哈拉和红发女孩之间,简单又一次战胜了玛丽十字,小兔先生有了小兔女士,安佐则等着黎明的到来。艾玛纽埃尔准时得像个瑞士钟表。

"七点。"安佐轻叹了一声。

他睡眼惺忪的脸庞上闪过一个微笑。他爬起来,穿衣服……虽然没有穿太多,只有短裤、T恤衫。他从衣橱里的镜子看着自己,把头发整理了一下……但也不能太整齐。他盘腿坐下来,等待着。他听见隔壁房间的门打开了,于是他轻轻走到自己房间门前。得让艾莉娅走在他的前面。他在脑子里追着她,想象着她把衣服脱掉,打开水龙头,走进浴缸。

"去吧!"安佐给自己打着气。

他穿过走廊来到浴室门口。他突然对自己正在干的这件事感到很害怕。因为他确定他会这么干。他听见水在门的另一边流动。他想象着艾莉娅站在淋浴喷头下面。他打开了门。

"哦,对不起……"

里面站着的是艾玛纽埃尔。

第五章

玩过头的小兔先生
终于上了"手术台"

"我的打火机找不到了。"克朗丹坐在安佐的对面。

"又找不到了？"

"我记得好像是留在厨房里了……"

克朗丹怀疑是安佐在同他开玩笑。

"话说回来，这个派对我们到底开不开？"

"你应该说'趴体'，这样显得潮。"

"现在谁还说'趴体'，你至少落后两代人了。你还没回答我呢……"

"总之也是个喝嗨的机会。不过请谁来呢？"

安佐看看他的周围，好像他的生活如一片沙漠一般。克朗丹只需要安佐给他个鼓励。

"我想过了……"

实际上，他已经准备好一长串名字——他从口袋里拿出一个名单。

"有于贝尔和让·保罗，这两个肯定少不了。弗莱德，他是艾莉娅的朋友，也算过得去。我的表弟阿莱克西，他刚从伦敦回来。"

"等等。"安佐打断他，"这是什么鬼名单？"

他从克朗丹手里抢过名单。

"一个女孩都没有！"他惊喊。

"这是谁的错？"轮到克朗丹朝他吼了，"去酒吧傻，当街追傻，找人家的女朋友傻。"

"我一年里胖了八斤。我不能碰女孩子，我只能吃。"

"这是真的，你长胖了。或者你应该多抽点香烟？"

两个好朋友互相看着对方。他们感情很好，但是好像对彼此的容忍度越来越低。

"听着安佐，我也希望艾莉娅选择的人是你。但是事情就是这样了，不能因为这个毁了生活吧，是不是？"

克朗丹知道这话一说出来，等待他的会是什么。安佐为他的姐姐而疯狂。

"好吧，得找些女孩。"安佐说，"不然这派对没办法看。"

克朗丹要庆祝他的二十一岁。

"要不，问问那小孩？"他建议道。

"哪个？克莱贝尔？"

"据说他班上有些小姑娘还可以。"

"你搞什么，你打算让一个小孩给你介绍小姑娘？"

"你有其他的办法吗?"

安佐眼神空洞。

"没有。"

克莱贝尔对克朗丹邀请他参加生日派对觉得开心又得意。

"你可以带你认识的女孩子们来。"克朗丹高傲地说。

"啊,谢谢!"克莱贝尔高兴地回道,"我能带两个来吗?"

"想带几个带几个。"

这一个星期克莱贝尔花时间对身边人做了些深入调查。红头发的女孩名叫贝阿特丽斯。她会毫不犹豫地一拳打在男生的肚子上,还爱说脏话,而且总是觉得热。扎哈拉是黎巴嫩人。上课的时候她总是在那里不停地写。克莱贝尔能感觉到,他两边都有机会。他跟她们讲合租的事情,向她们描述那些大学生的样子,引她们发笑。当然他只字不提简单。然后他邀请她们参加克朗丹的派对。

"我得有合适的上衣参加派对。"贝阿特丽斯说。

"我需要得到爸爸的同意。"扎哈拉说。

最终两人都接受了邀请。

派对在一个星期六的晚上举行。一大早,艾莉娅就开始在厨房做准备了。

"好的,"她低声做着总结,"生菜配蛋黄酱,准备一个咸蛋糕、一个草莓蛋糕当甜点……"

"你准备蜡烛了没有？"

艾莉娅吓了一跳。她没有听到安佐进来的声音。

"你头发乱糟糟的。"他说。

她还穿着睡衣，没有洗脸，也没有梳头发。

"别多管闲事。"

她转过身，背对着安佐，在碗里打了一个鸡蛋。

安佐不声不响地走到她边上，轻声在她耳边说：

"要不要我帮帮你？"

艾莉娅转过来推开安佐。

"你够了。"

"什么够了？"

"我爱艾玛纽埃尔，他也爱我。"

"那最好不过了。"安佐嗓音沙哑地说。

"你别再围着我转，否则你会有麻烦的。"

"艾玛纽埃尔？"

艾莉娅一字一句地低声说："走开。"安佐转过去往他的房间走。门一关上，他就用脑袋撞着墙壁，惩罚自己。

"你真是个没用的东西。"

他磕破了额头，但是他没有同任何人说。

克莱贝尔则有他的烦恼。扎哈拉和贝阿特丽斯要来他这里，但他到现在还没同她们提过简单。克莱贝尔看了看他的哥哥，简单刚把他的军团都放回房间的地板上。法兰克人和拿破仑的守卫并排站在一起。

"你把不同年代的人混在一起了。"他有点忧郁地说。

"他是时代军团里最厉害的。"简单指着"维钦托利"回答道。

克莱贝尔还是笑了起来。

"听着，简单，今天晚上这里合租的人会招待朋友们……"

"哇！我又可以打领带了！"

"不不，你不能打扰他们。你待在房间里，我会给你拿蛋糕过来。"

简单的脸上滑过一片阴影。他猜到什么了。白天的时候，他就能清楚地感觉到，他们把他撇在一边。他看见他们做着准备，安佐重新摆放着家具的位置，好腾出跳舞的地方。克朗丹在所有房间找唱片，克莱贝尔一件件地试着T恤衫，艾莉娅带回来鲜花，艾玛纽埃尔调试着颜色好看的水果朗姆鸡尾酒。整个公寓里的氛围火热又忙碌，而无事可做的简单则多多少少打扰着所有人。小兔先生四处可见，一会儿在唱片上，一会儿跑到蔬菜碟子上（也许是因为里面的胡萝卜）。克莱贝尔把它一把扔到哥哥的头上：

"你把它管好！"

简单待在他的房间里。小兔先生气得不得了。

"我讨厌克莱贝尔！"

"他不让我们去参加聚会。"简单几乎是含着眼泪同它解释。

"他们会把所有的胡萝卜都吃掉。"

"我们连蛋糕都不会有。"

"没有鸡尾酒。"

小兔先生记住了那种好看的饮料的名字。

"我想跳舞。"简单说。

"你不会跳舞,但是我会。可我得有个小兔女士。"

他们不再说话了,咀嚼着各自的忧伤。简单的神色突然变得明亮起来。他用手拍着脑袋——怎么就没早点想到呢。

"灰姑娘!"

他要装扮成王子,然后去参加聚会。这决定一做,简单和小兔先生好像突然变聪明了。他们溜进厨房,偷偷拿起一个很大的锅盖,用它当王子的盾牌。简单的玩具里有一个吃国王饼时留下来的王冠,还有佐罗的斗篷。小兔先生系好领带,为万一有个小兔女士来舞会做好准备。

第一批客人在晚上八点左右到。于贝尔和让·保罗,他们带来了酒,还有阿莱克西和他的女朋友。贝阿特丽斯是和扎哈拉一起来的。前者穿了件露脐短上衣,她肚脐上打着的肚脐钉都露了出来,有点俗。克莱贝尔这样想。后者则穿了件不对称的黑裙子,露出一边的肩膀,有点轻佻。克莱贝尔心里评论道。

虽然他非常想讨她们的喜欢，可是他仍然希望保持思想的独立。艾莉娅邀请了两个医学院的学生，她们没有可能把艾莉娅比下去。

"他是从哪儿找来的这两个人？"克朗丹一边吃一边抱怨着。

"至少克莱贝尔努力了。"安佐给自己倒了杯水果鸡尾酒，"那黎巴嫩姑娘可以。"

"你这么想吗？我比较喜欢那个红头发的。"

"花样比较多。"安佐认同道。

众人的情绪都不太高涨，艾玛纽埃尔在他们中间是最愉快的一个了。不过当鸡尾酒消耗掉一半的时候，女孩子这边好像稍微有些破冰的感觉了。她们开始没有什么特别理由地笑起来，贝阿特丽斯撩起头发，有点担心地说道：

"你们不觉得热吗？"

克朗丹放起音乐，以备有人想跳舞。人总是不会放弃希望的。

"到了喝伏特加的时候了。"安佐说。

他想把自己灌醉，说不定喝醉了他就会有勇气和艾玛纽埃尔打架？他喝着鸡尾酒，眼神阴郁。而年轻的克莱贝尔这个时候则进展飞速。是他让女孩子们喝酒的。他想把贝阿特丽斯抱在怀里，她的下腰真迷人。

"你有慢舞的曲子吗？"他问克朗丹。

到了邀请红发女孩的时候，克莱贝尔却缩了回去，转向了医学院的学生。这女孩子走进来的时候,他就想:这长相也太一般了……女大学生红着脸接受了。克莱贝尔确实很可爱,他戴着圆圆的眼镜,脸上带着迷人的微笑。克朗丹呢,他则大胆邀请了贝阿特丽斯跳舞。没有人邀请的扎哈拉吃起了蔬菜,这对保持苗条最好。安佐看到克朗丹和自己不喜欢的姑娘跳舞,居然气愤得不得了。于是他决定随便追求一个女孩。下一支慢舞曲响起来的时候,他邀请了刚才跟克莱贝尔跳舞的女大学生,这姑娘从来没那么受欢迎过。

十分钟以后,在没有任何人注意到的情况下,简单戴着纸做的王冠和佐罗的斗篷,拿着锅盖走了进来。音乐和那些杯子叮叮当当的声音,以及女孩子们身上的香水味让他有种参加了一个无与伦比的宴会的感觉。可他全然忘记了弟弟跟他说的话。

"哈!迷人的王子驾到了!"

正在喝东西的克莱贝尔差点被呛到。他如此聚精会神地沉浸在吸引小姑娘的游戏里,全然忘记了哥哥。所有人一声不吭地看着简单,他用领带拴着小兔先生。

"谁扮演公主?"他问道。

艾玛纽埃尔立即跑到克莱贝尔身边说,如果有人能给他提供"原料"的话,他可以给简单打一针。克莱贝尔像是灵魂出窍了一般,走到哥哥边上,抓着他的袖子。

"来,我忘记给你蛋糕了。"

他转向众人，尤其是扎哈拉：

"他是我的哥哥，他是个智障。"

"白痴。"

这场景如此怪异，所有人都站在那儿不动。看来这不再是《灰姑娘》的画面，而是《睡美人》了。

"反正也不是什么特别重要的日子。"安佐突然说，"简单是很善良的。今天晚上他就是迷人的王子，我没有问题。"

他倒了一杯鸡尾酒给简单，然后低声对克莱贝尔说：

"让他去，我来管他。"

他把简单带到客厅的角落里，他发现艾莉娅在看着他。他在那眼神里看到了惊讶。他心想：你不了解我，艾莉娅。这倒也没什么叫人惊讶的，因为他自己也不了解自己。

简单坐在沙发上，兔子玩具在他脚边，他一口气把好看的饮料喝光了。

"真好喝。"他说。

安佐去给他拿了一块生日蛋糕。

"这是苹果派吗？"简单看着他的盘子。

安佐看看草莓蛋糕和上面的奶油。

"乍看起来不是。但是，说不定这是苹果派乔装打扮成的其他蛋糕。"

简单笑了起来。

"你真好玩。"

然后他用食指害羞地指着艾玛纽埃尔：

"他，他很蠢。"

安佐跪在简单面前：

"你不傻。"

"我是你的朋友。"

为了庆祝这一友谊的缔结，他们碰了碰杯。

"真、真好……"三杯鸡尾酒下肚以后，简单说话有些结巴了。

哥哥的突然出现，让克莱贝尔半天缓不过神来。他能感觉到所有好奇的、不敢聚焦在简单身上的目光，都汇集在了他这里。贝阿特丽斯第一个问道：

"他一直都是这样的？"

"出生时就是。"

"先天的？"

这不是个没有心机的问题。因为先天的疾病完全有可能触及同一血缘的其他人。

"不，有偶然因素。怀疑是我妈妈吃的预防小产的药引起的……"

克莱贝尔觉得很不自在，他不再说什么了。

"我有个妹妹，她也是有问题的。"扎哈拉在他耳边轻声说道。

他对她点点头表示感谢。但是他想吸引女孩子的欲望全然消失了。慢慢地，所有人开始喝东西、跳舞。克朗丹把音响的声音调大了，以至于邻居按了好几次门铃他们才听见。

"这里面到底有多少人？"维勒迪奥先生边吼边走进客厅，"我会到业主委员会投诉的！"

克莱贝尔走到愤怒的老头身边：

"今天是克朗丹的生日。我们应该事先通知您，会有点吵。"

维勒迪奥先生缓和了一些。

"那傻瓜也参加聚会？你们看看，那个金头发的正在灌他酒。"

"您好，维勒迪奥先生。"艾莉娅同他打招呼，"您要来一杯鸡尾酒吗？"

她把杯子递给他。老邻居的眼神在粗大的眉毛下闪起来。

克朗丹调暗了灯光。克莱贝尔喝光了杯子里的饮料，重新鼓起勇气，邀请扎哈拉跳舞。昏暗的灯光下，他抚摸着女孩光滑的肩膀。然后他想要吻她的肩膀，心想："我数到五。一，二，三，四……"

"嘘。"扎哈拉安抚着他。

我在追求女孩子！克莱贝尔心里高兴得不得了。贝阿特丽斯有点鄙夷地观察着他。克莱贝尔不过是个小孩而已。她观察着安佐，走到他身边。

"你负责看管傻瓜？"她指着简单说。

安佐没有反应。

"他边上的是什么？一只兔子？"

她抓起兔子的一只耳朵。

"这家伙得洗个澡了，都旧成什么样子了！"

然后她把兔子扔在地上。

"你不想跳你的肚皮舞了？"安佐对她说。

安佐这一不太礼貌地提及贝阿特丽斯肚脐钉的方式让女孩转身离开了。

"她很好看，这位女士。"简单说。

他抓起小兔先生想站起来，可他人摇摇晃晃的。

"我为什么摔下去了？"

安佐扶着他站稳。

"没关系，你不过是喝醉了。"

安佐扶着简单走到他的房间，然后往自己房间走过去，拿起笔记本又写了起来。

简单则把他的笔袋倒空，找着剪刀。

"我不要这破破烂烂的衣服了。"小兔先生说，"你得把它们剪了。"

天性多疑的小兔先生非常不喜欢贝阿特丽斯的评论。它要把耳朵也剪掉。简单呢，因为喝醉了，居然觉得小兔先生的要求完全合理。

"就剪掉一点还是全都剪了？"他问。

"都剪了。"

简单把小兔先生夹在他的膝盖中间。他老有一种感觉，好像兔子有四只耳朵，而不是两只，于是他不停地眨着眼睛，然后开始剪他的玩具。

"疼吗？"

"有点痒。"

简单放心地剪下一只耳朵。

"流血了没有？"小兔先生问。

"没有。"

"得给你加点血。"

简单拿出一支红色水笔，在手指上和小兔先生被剪掉的地方涂上颜色。

"你在干吗？"

克莱贝尔出于羞愧，走到房间里来看哥哥。他惊讶地看着简单。

"是小兔先生。"简单说，"它说它不要那些旧衣服了。"

"你的兔子！它太恐怖了！"

克莱贝尔从简单"血迹斑斑"的手上抢过小兔先生。

"它的耳朵去哪里了？"

他捡起被剪掉的耳朵。

"太恐怖了……"

简单哭了起来:"我不要它的耳朵被剪掉!"他终于明白自己做了什么。

"发生什么事了?"

克莱贝尔走到门口,他一手拿着小兔先生,另一手拿着它的耳朵:

"哦,艾莉娅,你看看他都做了什么!"

女孩走过来。

"可怜的小兔先生……"

"是我!"简单结结巴巴地说,"我是坏人!"

艾莉娅弯下腰来对他说:

"没关系,我帮你缝起来。"

她直起身子。

"他喝酒了。安佐让他喝的。我去拿我的针线包。"

克莱贝尔把小兔先生放在枕头上,紧张地等着艾莉娅回来。

"没事的。"她看着大伙儿一副好像在参加葬礼的面孔,"我是医学院的学生,缝耳朵这个事情我知道怎么干。"

"你要给它动手术吗?"简单问。

这时候,他刚才的悲伤已经不见了。他兴致勃勃地看着艾莉娅找颜色合适的线,准备针,然后扎向小兔先生。他低低地喊出一声:"哎呀。"

"它不疼的。"艾莉娅说,"我给它打了麻药的。"

她缝完以后,摇着小兔先生的耳朵,向简单打着招呼。简单拍着手。艾莉娅转身对克莱贝尔说:

"我留在这里,等他酒醒。"

男孩不同意,看管哥哥的那个人应该是他。

"不要,我要艾莉娅陪我。她比你好。"

克莱贝尔于是将简单交给艾莉娅,加入其他人之中,继续开他们的派对。

"你感觉怎么样?"她问道,"是不是觉得头在转?"

这个问题让简单笑了起来,他的头怎么会转呢。艾莉娅坐在床上,离他很近。这是她第一次不以他是克莱贝尔哥哥的身份来审视他。这是个脆弱的年轻男子,他的头发乱糟糟的,双眼如同有魔力的灯笼,在那里面流动着王子与海盗、独角兽与精灵。

"简单。"她说道。

"这是我的名字。"

她抚摸着他的脸颊。他的皮肤如同一个孩子。他睁大了眼睛,对这温柔的抚摸很惊讶。他的母亲已经去世很久了。

"你要我亲你一下吗?"艾莉娅问。

他就这样闭上了眼睛。她吻了他。他散发着一股朗姆酒的味道。

"你也亲亲小兔先生行吗?"

他把玩具的鼻子贴到艾莉娅的嘴唇边。

"它很高兴。"他说着,"它身上还有点血。"

简单看看兔子耳朵下面的红色水笔印,看上去有点烦。

"可它很高兴。"

"因为我亲了它?"

小兔先生兴奋地摇着耳朵。

第 六 章

小兔先生的恋爱

小兔先生醒过来的时候，有种耳朵上被套了个盖子的感觉。简单揉着太阳穴。

"你头疼吗？难受吗？"

"我头晕。"小兔先生抱怨道。

其他人应该也不比小兔先生好多少，因为都上午十点多了，公寓里一点动静都没有。简单觉得至少有两个好处。这个星期天不用做礼拜，他可以安安心心地享受昨天晚上派对剩下来的各种好玩的东西。

客厅里乱成一团。杯子被遗忘在各个角落里，地上撒满了零碎的薯片和蛋糕。

"有火！"简单兴奋地说。

被填满的烟灰缸边上，克朗丹把他新买的打火机放在那里。

"这是为了让你收集用的。"小兔先生说。简单则急着去拿打火机。

兔子的坏主意还真不少。

"有六根香烟。"他看起来若无其事地说。

实际上还有更多,有的只抽了一半就被扔掉了。

"我会抽烟。"简单炫耀道。

他用大拇指和食指灵巧地夹起一个烟头,放到嘴唇边,把嘴巴噘起来。然后他假装朝着天花板吐出一口烟雾,完美地模仿着贝阿特丽斯抽烟的样子。接着他以一种更阳刚的方式,把烟头用食指和中指夹着,学着克朗丹的样子,深深吸进一口。

"不错。"小兔先生承认,"你现在真的准备把它点着吗?"

简单对打火机的操作显然不那么熟练。火苗就快冒出来的时候,他停下了。在小兔先生的鼓励下,第三次尝试打着打火机的时候,他成功点着了香烟。他吸了一口,然后咳嗽起来。眼泪模糊了他的双眼。

"味道好吗?"小兔先生问。

"棒极了。"简单一边咳嗽一边说道。

他就这样吸了三个烟蒂,他感觉奇怪极了,嗓子发干,心跳加快。

"你脸色真白。"小兔先生饶有兴味地说,"还有点发绿。"

简单把手先是放在肚子上,然后放到脖子上,结结巴巴地说:"克莱贝尔。"话音刚落,他就弯下腰呕吐了起来。

"救命,救命!"小兔先生一边喊一边跳起来。可这么做没什么用。

吐完后,简单待在原地缓不过神来。

"恶心,恶心。"小兔先生边说边捂鼻子。

这不寻常的经历吓到了他,简单跑着来到弟弟的房间,跳上他的床。

"克莱贝尔!"他喊着,"我吐了!"

因为弟弟没有对这一消息立即做出反应,他猛地摇着他:"我吐了,呕吐了!"

克莱贝尔惊得一下子坐起来,在床头的小茶几上找着眼镜。

"嗯?在哪里?"

"派对。我吐了好多!"

克莱贝尔掀开被子,踉跄着爬起来。

"你穿衣服呢。"简单说。

可不能就这样露在人前。克莱贝尔抓起短裤就朝客厅跑。

"哦。"他呻吟着说。

呕吐物就在地毯中间。

"很臭。"简单非常客观地说。

克莱贝尔立即打扫,通风,再打扫。然后他对着拒绝帮助他一起打扫的哥哥生气地说:

"你太讨厌了!难以形容的讨厌!我要把你扔在森林里。真受不了你!"

简单虽然捂着耳朵,可他还是听见了。那些可怕的画面出现在他的脑海里，这次可不是《睡美人》的画面，而是《白雪公主》。

房客们一个个地起床，没一个是精神的。艾玛纽埃尔宣称简单需要去精神病医院，克莱贝尔爆炸了。

"他已经被送去过专门的收治中心，你们知道吗，我爸爸是为了再婚把他送进去的。简单只是智障，但是玛丽十字中心真的把他变成了'疯子'。他对一切都失去了反应，是我把他接出来的。我跟爸爸说由我来负责。我再也不会把他放回中心去，再也不会。如果你们不要他，那么就把我也赶出去拉倒，继续过你们的大学生活，祝你们幸福。"

他从所有人聚在里面的厨房走出来，向他的房间走去，准备打包行李。简单跟着他一起，坐在角落里看着他收拾。

"你要把我扔在森林里吗？"他低声问道。

"我们两个一起去。"

这句话让简单放心了，于是轮到他安慰弟弟。

"我有'枪手'的。"

有人来敲门，是安佐。

"你干吗呢？"

"你难道看不出来？整理行李。"

安佐站在那里不动，然后他好像下了决心似的说：

"我刚才跟他们……商量了。艾玛纽埃尔虽然有点固执，但他们最终还是同意你……你们留下来。"

克莱贝尔放下了手里的书。

"你很善良，可这没什么用。他们迟早会受不了的，明天，或者后天。"

"我不觉得。我刚才让他们觉得羞愧。其实你的话对他们产生了很大的影响，我不过是添油加醋了一把而已。我说他们是'自私的家伙……'，我甚至说他们像某些成年人，你能想象吗？"

克莱贝尔感动了。他能感觉到别人为他——只为他做的那些努力。

"不管怎么说这都是我的错。"安佐继续说，"我不该让你哥哥喝酒的。是我让他不舒服的。"

克莱贝尔仍然犹豫着。他没有权利让同租的人承受这样的负担，也没有任何东西可以回报给他们。

"我要跟你说一件事，克莱贝尔。你们两个在这里，我很高兴。"

安佐指着依旧躲在墙角里的简单和小兔先生说：

"这家伙是我认识的人里最聪明的。"

"不能用手指人。"简单嘟哝着说。

安佐手叉在腰上，装出一副生气的样子向他走过去：

"话说你，你最好小心点！自己不断做错事哪里还能教育别人。还有，不要说'哦，哦，这个词不好'！"

"首先，我的弟弟，他会把你扔进森林里！"简单生气地说。

安佐叹了口气，转向克莱贝尔：

"他还真有点讨厌。"

"哦，哦，这个词不好。"简单低声说。

中午的时候,简单待在房间里拒绝吃东西。小兔先生不太好。他捂着肚子发出哎哟哎哟的声音，还不停地打嗝。

"你吐了？"

"没有。我把胃里的东西倒了出来。"

小兔先生可不愿意和普通人一样。

"我有点发烧。"他说。

简单在那里想了老半天。找医生，他得说："喂，医生，小兔先生它生病了。"

"我没有电话。"简单说。

突然，他用掌心敲着脑袋："艾莉娅！艾莉娅是个医生。"

简单来到客厅，艾莉娅正在为艾玛纽埃尔熨一件衬衣。她有些犹豫地看着他走过来。她对自己前一天晚上做的事感到有点后悔。

"是小兔先生，它生病了。"他说道。

"嗯……"艾莉娅回答。她不打算加入这个游戏里。

"你能给它点药吗？"

"听着,我不想……"

艾莉娅皱着眉头,放下电熨斗,把手放在简单的额头上。他脑门滚烫,眼睛里都闪着发烧的光芒。

"你至少有三十九摄氏度。"

她轻摸着他脖子上肿起的地方,让他张开嘴巴发出"啊"的声音,问他是否肚子疼。

"是的。"

"头疼吗?"

"是的。"

"嗓子呢?"

"疼。"

她认真地看着简单。

"脚呢?"

"疼。"

她轻打着他的脸颊,那是个介于玩笑和生气之间的动作。

"来,我给你去拿退烧药。"

"小兔先生,它不要退烧药。"

艾莉娅抓着简单的肩膀:

"你知道吧,你的小兔先生烦死人了。"

"小兔先生。"

"你知道它是个玩具,不是吗?"

简单眨着眼睛不回答。

"难道它是只真兔子？你说话啊！"

简单准备好了他的报复：

"没有鸡鸡一点都不好看。"

克莱贝尔被告知他的哥哥很可能得了急性肠胃炎。艾莉娅玩了医生的游戏，给他开了药。简单吐掉了阿司匹林，体温持续上升着。到了傍晚的时候，他开始神志不清。克莱贝尔一边看着他，一边填着学校的各种表格。

"我们在森林里。"小兔先生说，"克莱贝尔是个浑蛋。"

"哦，哦……"

"他是个浑蛋。是他把我们丢在森林里的。我们会死在这里。这里还有巫婆。"

"克莱贝尔！"简单恐惧地喊他。

他把表格放下，靠到哥哥边上。

"你怎么了？"

"是巫婆！"小兔先生喊，"走开巫婆，你走开！"

"走开！"简单跟着一起喊。

"你烧得不轻。"克莱贝尔喃喃地说。

他在杯子里又放了一片阿司匹林，可小兔先生盯着杯子。

"小心巫婆，她要给你吃有毒的苹果。"

"给。"克莱贝尔把杯子递给他,"你这次得喝了。"

"不行,这是毒药。"

简单猛地撞着克莱贝尔的手臂,于是杯子掉在地上,在房间里旋转了一圈。

"你是个巫婆!我要杀了你。"

高烧点燃了简单清澈的眼睛。

"没有好点吗?"

艾莉娅走进来。

"他神志不清了,"克莱贝尔说,"当我是巫婆。"

"这也许是他排解焦虑的方式。"艾莉娅这段时间正在狂热地研究弗洛伊德。

"我听见公主的声音了。"小兔先生说,"我们马上就要得救了,你喊她,好吗?"

"艾莉娅?"简单喊。

"你看,他没那么糟糕。"艾莉娅说,"他还认得我。"

她向简单弯下腰,他闭上了眼睛。

"怎么样?简单,能听见我说话吗?"

他又睁开了眼睛:

"我是王子!你吻我,好吗?"

就在这时候,走廊里响起了另一个声音:

"艾莉娅,在吗?"

是艾玛纽埃尔。

"我要公主亲吻王子。"简单要求着。

艾莉娅在两边的"夹击"下,对克莱贝尔低声说:

"快把门关上。"

克莱贝尔按照她说的做。

"我……我对你哥哥干了件蠢事。"她坦白道,"你帮我保密?"

克莱贝尔抬了抬眉毛,嘴角的微笑点亮了他的眼睛:

"蠢事?"

"不是……也不至于。我昨天吻了他。"

简单坐在床上,固执地喊:

"我还要一个吻!"

"你给我闭嘴!"克莱贝尔说。

有人在敲房间的门。

"另一个……"

艾莉娅为了让简单闭嘴,吻了他。这时候艾玛纽埃尔的头从门缝里伸进来。

"抱歉,克莱贝尔,我在找……哦,你在这里!"

"是的是的,"艾莉娅边说边急着往门口跑,"我来看看他烧退了没有。"

她把艾玛纽埃尔拉到走廊里。小兔先生则在床上高兴地跳起来：

"你病好了，全好了！公主吻了你！"

第二天早上，克莱贝尔强迫自己起床，拖拖拉拉地去了学校。简单好了很多，小兔先生更是状态良好。两人一起来到厨房，克朗丹正在厨房里找他的打火机。

"难以置信，"他骂骂咧咧的，"我又把它搞哪里去了？"

他只能拿起火柴。

"你抽烟，"简单用一种羡慕的口吻对他说，"不会吐吗？"

"不会。"克朗丹有点吃惊地回答。

"我吐了。"

"那是因为你不习惯。要知道抽烟不是一个好习惯，香烟是有害的。"

他注意到简单在认真地听着他讲话，于是他做起了老师。

"香烟会带给人严重的疾病，如肺癌。"

"会死掉的病？"

"是的。我有个叔叔，他每天抽两包烟，然后……"

克朗丹没有继续说下去。他意识到这个话题不怎么叫人愉快。他自己也曾经一天抽两包烟。

"然后什么？"

"他得了肺癌。最后的日子是不太好过的。"

"最后的日子？"

克朗丹含含糊糊地回答了一句"是的",掐掉了香烟。

"掐得粉碎。"简单高兴地说。

然后他拿着黄油饼干回到他的房间,留下克朗丹在那里琢磨戒烟贴的效果。

简单坐在床上,第二十次看《我的小兔子恋爱了》这本书。前几次,小兔先生都急不可待地上去亲小兔女士。但是这天早上,他对着这本绘本生闷气。

"你不恋爱吗?"简单惊讶地说。

"这是图画。我要一个真正的小兔女士。"

简单找不到可以回答的话。

"小兔女士,"小兔先生回答,"你知道她在哪里吗?"

简单想了好半天。他盘着腿坐在床上,身体前后晃动着。突然,他拍了下额头:

"商店里!"

星期一晚上上完课,克莱贝尔打算去文具店买点东西。他先回到公寓接简单,因为哥哥喜欢逛商业街。

"一切顺利吗,魅力男生?"

"不是我,是小兔先生。"简单说。

"好吧,你说什么就是什么。"

克莱贝尔笑了起来。他很喜欢听那些男女之间的八卦。他也急不可待地希望自己有这样的经历。

到超市以后，简单停在了保安的面前。

"这里不是打仗的地方。"简单说道。

克莱贝尔赶紧抓着哥哥的袖子溜走了：

"不要跟你不认识的人说话。"

"我认识他。他是个军人。"

简单放慢了脚步。他们到了让他感兴趣的货架了。

"我告诉你，我什么都不会买。"克莱贝尔说。

"呜噜呜噜呜噜。"

"什么？"

简单踮着脚尖，在他弟弟耳朵旁轻声说：

"我要个小兔女士。"

克莱贝尔不由分说地回答：

"我没有钱了。"

"你买嘛。"

"不行。我去笔记本的货架。"

"我看玩具。"

克莱贝尔不太高兴地看着他，然后耸耸肩膀走了。简单一落单，立即在玩具柜台看了起来。蓝色长袍战士让他心动，可是他摇了摇头。他来这里是为了找到一个小兔女士的。他看见一只猴子、一只米老鼠、一条蟒蛇。他把一头小牛从货架上弄掉了。他跟小牛道过歉后，开始跟一头大熊和一头小熊玩耍。

"这是熊爸爸和熊宝宝。他是个白痴……"

然后他又摇了摇头，继续找起来。这些玩具边上陈列着新的玩具：穿着怀旧衣服的布质动物。简单站在那里不动了。然后他笑起来，他看见一个小兔女士。它戴着顶帽子，两只耳朵露在外面，穿了件可爱的格子裙，还穿了个可爱的小围裙。简单知道克莱贝尔是不愿意给他买的。他把它放到衣服底下，把它的脚和耳朵塞进去，对它说：

"你别动。"

然后他手插着兜，等着弟弟回来，做出一副若无其事的样子。克莱贝尔怀疑地看了他一眼。

"来，我们到快速结账柜台去付钱。"

简单对这个柜台有点失望。他期待的可不是这个普通的、后面有个女士坐在那里的柜台。他从她面前走过去的时候，一阵刺耳的警铃声响了起来，他用手捂住耳朵。他的外套一敞开，小兔女士掉了出来。

"这是什么？"克莱贝尔结巴地说。

保安走过来。

"偷东西了！他偷东西了！"

"你别走过来，军人！"简单吼道，"我有'枪手'的！"

"你们得做些解释！"保安也吼着说。

"他是个智障！"克莱贝尔喊得更加响亮。

"我会打仗！"

"他有武器！救命！"收银员喊。

"那是假的！"克莱贝尔又喊。

就在超市客人们纷纷惊慌失措的时候，一个老头用拐杖把人推开，用雷鸣一样的声音说：

"别吵了！我认识他们。这个拿着兔子的，他是个傻子。这个戴眼镜的，他是个好孩子。他会堵住垃圾道，但是他也去做周日礼拜。你给我把你这东西收起来……"

这句话是对简单说的，指的是他手里的手枪。

"是上帝先生。"简单笑着说。

"我会……付玩具的钱的。"克莱贝尔支吾着说。

他羞愧得说不出话来，一把抓着哥哥的袖子就往外面走。

"你看，你明明是有钱的。"简单说。

"我告诉你，"克莱贝尔把眼泪憋了回去，"小兔先生现在有了小兔女士，很好。但是它们不会有孩子！"

回到公寓后，简单想给小兔先生一个惊喜。他把小兔女士的头从卧室门口伸进去。

"嘿！"

小兔先生的耳朵竖了起来。

"什么？"

简单小心翼翼地把门关上。

"是小兔女士。"

"这个？这是个玩具啊。"

简单惊讶地看着布兔子，然后他让它在空中跳了起来，它摔向房间的另一边。小兔先生和简单都笑了起来。这玩具真傻！

第二天早上，克朗丹心情烦躁地起了床。他决定戒烟了。他打开冰箱，拿出剩下的肉酱、香肠和奶酪。他坐下来，看着正把黄油饼干往橙汁里泡的简单。他切下一块面包和一点香肠，在面包上抹着黄油，放上奶酪，倒了一大杯咖啡，喝着咖啡，吃着食物，胡乱地嚼着。

"呼噜呼噜。"简单在他对面说。

克朗丹抬起头，塞着满嘴食物问道：

"什么呼噜呼噜？"

"猪。猪会发出呼噜呼噜的声音。"

从来没有人如此直接又清楚地告诉克朗丹，他吃饭的模样像猪。他慢慢推开盘子。

"你还真是什么都管。"克朗丹烦躁地说。

他最近又胖了四斤。

第七章

小兔先生躲过了
鲨鱼们的袭击

这年的九月天气依然炎热。从课堂出来的时候，贝阿特丽斯常常觉得热。她裸露着的手臂抬得高高的，头发绾在发带里，露出脖子。克莱贝尔看着这景象微笑起来，这微笑让他的眼神变得温柔。

这天，扎哈拉走到他身边，带着点鄙视地看了他一眼。他惊得跳起来：

"你……跟我们一起吗？"

扎哈拉的目光从克莱贝尔移到贝阿特丽斯身上：

"不了，谢谢。"

她紧紧地把背包捂在胸口，走远了。

"这人，她谁都看不上。"贝阿特丽斯说，"你有时间转一圈吗？"

克莱贝尔总是匆匆忙忙的。

"你是在担心你哥哥放火吗？"

克莱贝尔不喜欢贝阿特丽斯谈起他哥哥时的语气。

"去河岸边？"他建议道，"可以聊聊天。"

贝阿特丽斯的话题停留在班上的男孩女孩们身上。男生都是大傻瓜，女孩们叫人觉得可怜。克莱贝尔不出声，他在想是不是要拉贝阿特丽斯的手。当她停下来看着那些船的时候，他打算把手伸过去揽住她的腰。但是她的背包阻碍了这一想法的实现。

"你不同意吗？"她问道。

"同意同意。"克莱贝尔实际上根本没有在听她讲的那些话，"往下面走？"

他希望这水边能给他些灵感。很多恋人在长椅上拥吻。

"坐一会儿？"

他们把包放在脚边。一个问题解决了。克莱贝尔想。

"你觉得扎哈拉怎么样？"她问道。

"她挺好的。"

"你觉得所有人都挺好的！你难道没发现她看你的时候那死鱼一样的眼神？"

克莱贝尔也跟一条鱼一样不出声。

"她说她父亲严厉得很，一点都不奇怪啊！如果她这么急吼吼地要找男人，他当然得看紧她。"

克莱贝尔突然有种想和小兔先生待在一起的冲动。

"你喜欢火辣的女孩，对不对？"贝阿特丽斯拐弯抹角地问。

克莱贝尔能感觉到，她整个人正在越来越重地往他身上贴，大腿、胳膊、肩膀。而操控这一切的人并不是他。

"事实上，我不喜欢男孩子们的一点是，他们老是以同样的方式在想我们。我们的屁股、胸脯，好像我们都是些分开的零部件。你明白我的意思吗？"

克莱贝尔尝试着抗议，不是的，不是所有男孩子都是这样的。"的确，有的家伙只想这些，但是男孩也可以很浪漫。"说完这句话，他长长地吸了口气。

"好了，我得回去了。我哥哥要担心了。"

他一边拿起他的书包，一边和贝阿特丽斯的身体分开——她的腿、手臂、肩膀。两个人都站起来。我得吻她。克莱贝尔想。这事关乎他作为男人的尊严。"我数到五。一，二……"然而才数到三，她就先吻了他。他只能把她抱得更紧。

"你看，你跟其他男孩子一样。"她推开他。

"简单！"克莱贝尔喊着走进房间。

他的哥哥坐在地毯上，抬起头。

"谁攻击你了？"

克莱贝尔是跑着回来的。

"是军人？"

简单猛地站起来。

"我有刀。"

"好了,我也有。"

克莱贝尔瘫坐在椅子上。

"我有一切需要的东西……至少我是这么觉得的。"

他把脸埋进手里。

"你死了?"简单温和地问。

没有回答。

"嘿……"

克莱贝尔觉得兔子的耳朵弄得他手痒痒的。

"你在这儿,小兔。"他温柔地说。

他抚摸着兔子。

"是小兔先生。"简单纠正道。

克莱贝尔看着他的哥哥。他非常想找个人倾诉。

"你知道吗,我吻了一个女孩。你在派对上见过的,贝阿特丽斯。"

"她很坏。"

克莱贝尔对简单如此直截了当的回答感到吃惊。

"不是的,不是这样。她比较……"

克莱贝尔寻找着合适的词。专横?有攻击性?霸道?对简单用这些词有什么意义呢?

"她要做掌控一切的那个人,我不知道该怎么办。我不能做……一个男人了。"

他对自己说出这句话时觉得很可笑。之后他把头靠在椅背上,闭上了眼睛。简单久久地看着他,然后低声说:

"他在睡觉。"

他绕开他的弟弟坐在地毯上,开始和小兔先生玩。他抓住小兔女士的裙子。

"它是小兔女士。"他说,"它要去见小兔先生。咚咚咚,请进。"

简单开始在两个不同的声音之间转换,一个声音孩子气且低沉,另一个声音尖尖的又带着点高傲。

"你好,小兔。"

"是小兔先生。"

"是的,但我要叫你小兔,因为我是发出指令的那个人。"

"首先你不好看。你没有尾巴。"

"我有尾巴的,它藏在裙子下面,你看不见。它比你的粗。"

"假的。"

"真的。"

"假的。"

"真的。"

"它们在打架。"简单看着两只兔子扭打在一起。

克莱贝尔睁开眼睛。

"小兔女士更厉害。"简单说,"它把小兔先生打扁了。"

小兔女士在小兔先生上方,踩着它的脑袋。克莱贝尔觉得无力极了。

"哦,哦,"小兔先生说,"我能看见裙子下面,怎么没鸡鸡?"

小兔女士突然发出一声尖叫,然后使劲用耳朵打着小兔先生。

"你太讨厌了!"简单喊起来,"你不过是个玩具而已。"

他抓起小兔女士用力往墙壁上扔。克莱贝尔大笑起来。简单猛地转过来看着他:

"你不难过了吧?"

勒莫纳主教街的公寓里,另一个男孩的内心也充满了各种疑惑。尽管安佐不停地找寻着能让自己在艾莉娅心里更有分量的方法,可他找不到。艾玛纽埃尔比他高大,更有魅力,学业上也走得比他远,而且他来自更好的家庭,性格强硬。"我跟他比还剩什么?我比较好玩?"

"追小姑娘靠让她们笑,这伎俩完全不靠谱。她们都喜欢男的有幽默感,但是到了关键时刻,她们还是更喜欢大胸肌。"

"好了好了,年轻人,别自暴自弃。"

维勒迪奥上楼来本来是要跟这群年轻人抱怨他们又把垃圾道给堵了。安佐立即不太客气地跟他说,他有其他更重要的事。

然而慢慢地，安佐也跟他聊了起来。

"这个还没有被您拿下的姑娘叫什么名字？"维勒迪奥先生用有点过时的话问。

"搞什么……是艾莉娅！"安佐喊着，那口气就好像全世界都应该知道这事一样。

"艾莉娅？您说的是跟您一起租房子的姑娘？"

安佐表示正是她。

"怎么了？"他说，"您干吗这么看着我？"

"可我以为……难道这年轻人不是您的'女朋友'？"

安佐耸耸肩膀。

"现在大家都说'妞'。她是艾玛纽埃尔的妞。"

老头看上去吃惊得很。

"可我以为……"他低声说道，"她是这里所有人的'妞'。"

安佐又惊又怒。

"所以，这年轻人对其他男孩子都不感兴趣？"

安佐一副不高兴的样子。

"我觉得她挺喜欢简单的。"

"他？哦，那您完全有机会啊。"

"谢谢您，维勒迪奥先生。"

"您可以叫我乔治。我这么说可不是为了刺激您。只要艾莉娅会对其他男人感兴趣，您为什么不试试？"

"您要我试什么？她知道我爱她。"

"然后呢？"

"然后她根本不在乎。"

维勒迪奥先生用拐杖敲着地板。

"向她表现您是个男人！用中世纪轻骑兵的方式，我的孩子！"

"什么方式？把她卡在厨房的水池前？"

安佐的脸还是红了，因为这法子他已经想到过。

"您得主动出击。"维勒迪奥先生斩钉截铁地说，"您告诉她没有她的生活您无法忍受，反正就是这些惯用的傻话啦……然后您吻她……"

他紧紧地抓着拐杖，安佐充满怀疑。

"您觉得这么做会有什么大的风险？"老头问。

"有可能吃个耳光。"

"被自己爱的女人打，老了以后都会是美好的回忆。"

"您的观点真是有说服力，维勒迪奥先生。"

"叫我乔治。记住：中世纪轻骑兵式的求爱！"

"您觉得我应该毫不犹豫地往前冲？"安佐放低了嗓音问道。

此时此刻，他倒真是有了去试试的勇气。

安佐发现每周二的下午，家里只有简单、艾莉娅和他自己，所以他得挑周二下午行动。周二一上午他都焦虑得很。中午他什么都吃不下去。下午两点,他怀疑自己宁愿从窗口跳下去。

艾莉娅坐在客厅里,姿势很复杂。她一条腿屈在沙发上,另一条悬在空中,身上的T恤衫一半在裤子外面。她一边读着笔记,一边发出不耐烦的叹息声。安佐坐在她边上发抖。

"这……这是要背下来的东西?"

她斜着眼睛看了他一眼。

"走开。"

安佐被愤怒刺激着。

"你为什么这么跟我说话?就因为我喜欢你?"

他想起乔治的建议。

"我不能没有你,我从早到晚都在想你。而且那个艾玛纽埃尔每天早上都会把我吵醒!"

安佐觉得他有点搞砸了。可他不放弃,低着头。突然,他扑向艾莉娅。

"我爱你。"

对于打到他脸上的耳光,他一点也不吃惊。不过他没想到艾莉娅下手那么重。

"真蠢。"他有点闷闷地说。

"哦哦,这个词不好。"

艾莉娅和安佐同时转向门口。小兔先生先是露出它的两只耳朵，然后是它的脑袋。

"嘿！"

安佐趁机排解他心里的怒气。

"走开，简单，不许再偷看！不然我告诉克莱贝尔！"

简单从门框处露出脸。

"你，你吃了耳光，这挺好。"

艾莉娅摸着手心站起来。她掌心生疼。

"简单，刚才发生的事情你不能跟别人说。"她说道。

"这是个秘密？"

"算是。"

"小兔先生它也有秘密，是爱的秘密。"

"你和你的兔子真是烦人！"安佐边喊边往他这里走，"为什么我们得忍受家里有个白痴？"

"安佐，你闭嘴。"艾莉娅朝他肩膀上捶了一拳，命令道。

简单把小兔先生掐在手里。

"可不能找麻烦。"他恳求地说道。

然后他拉起艾莉娅的手臂，把她推向安佐。

"你亲他一下。"

安佐和艾莉娅互相对视着。安佐害羞了，艾莉娅一脸好笑。

"就亲一下，他就不疼了。"

安佐把烧得滚烫的脸颊往艾莉娅那里伸。艾莉娅吻了一下。

"这是一个好的开始。"维勒迪奥先生说。

"是吗？您这么觉得？"

安佐在老邻居的家里。他的脸颊青了一块，肿着。

"冒犯一个女人，同时也是给了自己拥有她的权利。"

安佐用眼睛询问着维勒迪奥先生。

"求她原谅，送给她花，在花里夹着卡片。'因为您而受苦，但这苦对于我来说仍然是温柔'……类似这种傻话。"

安佐慢慢摇着头。

"我觉得不行。"

"红玫瑰的花语是炽热的激情。或者白色的，代表纯洁之爱。不过以您的情况来看，也不一定非要如此。"

安佐买了十一朵粉色玫瑰。他在一张纸片上潦草地写着："请你原谅我。"他心想：我要是个女孩，看见那男的这样不顾尊严，我肯定心都碎了。

艾莉娅出门去寄信。安佐偷偷跑到她的房间，把花放在枕头上。然后他回到自己的房间，躺在床上等待着。

"你是笨还是怎么着？"

安佐才坐起来，花就被扔到了他脸上。

"你是希望艾玛纽埃尔揍你一顿吗？"

"不是……艾莉娅……"

"你再来一次，我让你被生吞活剥。"

维勒迪奥先生不想表现出丧气的样子。

"她这是在保护你,不让艾玛纽埃尔知道。这是个好征兆。"

"乔治,我看您是一点都不了解现在的女孩。什么送花,或者激烈夸张的追法完全行不通。现在的女孩是独立的,她们挑男人,然后要是男人满足不了她们了,就把男人甩了,跟扔张卫生纸一样。现在做男人可难了,就像《嘉人》杂志上说的那样。"

维勒迪奥先生喃喃道:

"性别的战争自古以来就有……"

"您和您的太太至少有二十岁的差距吧?"安佐突然问道。

乔治直起身体:

"二十二岁。"

"您是怎么追到她的?送花还是中世纪轻骑兵式的?"

"她嫁给我是为了我的钱。"乔治直截了当地说道。

这个周日的早晨,克朗丹和简单第一个爬起来。他对这个智障从来没有表现出太多的兴趣。和往常一样,他等安佐起床,好计划一下今天准备干些什么。他看看手表。

"你在等安佐。"简单说。

克朗丹没有回答他。

"你总是在等安佐。"

"嗯?没有,不总是。"

他焦躁中有点愤怒地看了一眼简单:

"不总是。"

真相又一次掉在了他的脑袋里。他总是在等安佐。比如,昨天晚上,他问安佐要不要去游泳,他想做些运动减肥。但安佐拒绝了他,理由是,要是小姑娘们看见他穿游泳裤,她们会把他生吞了的。克朗丹于是放弃了这个想法。

"早安!睡得好吗?"

克莱贝尔刚刚走进厨房。

"早上一起去游泳怎么样?"克朗丹问他。

"好啊,我去拿游泳圈!"简单喊。

三个男生一起来到蓬图瓦兹游泳池。克莱贝尔试图说服简单不要带他的海豚游泳圈,而是换上软木做的救生浮漂。简单坚决不同意。他的理由确实无懈可击:浮漂又不会游泳,但海豚会啊。一到小池子面前,他就跳进去把水花溅得到处都是。然后他发出一声尖叫,因为水很冰冷。克莱贝尔望了一下池子里,几位在水边的妈妈显然对这场景很不满。

"他是个智障。"他对她们说。

不等她们反应,他就跳进了大池子。简单带着他的游泳圈来找弟弟。他的身材出人意料的好,肩膀垂直,腹部平坦,腰身纤瘦。一个长成熟了的孩子的模样。走到梯子的最后一级台阶,简单问一个泳池里的人:

"这水里没有鲨鱼吧?"

他得到的回答是一阵大笑。

"这人有毛病。"简单低声说。

然后他心想，鲨鱼应该是不会攻击海豚的，因为它们是差不多的物种。于是他扑腾着游了几下蛙泳远离了水池边。

"你还好吧？"他的弟弟刚刚游完一圈自由泳，问他道。

"挺好，我小便了。"

"嗯？你没有在这水里小便吧？"

"啊，对啊。"

他看起来对自己很满意。

"赶紧从水里出来，快点。"克莱贝尔责备着，"快，快点！"

"水里有鲨鱼啊？"

"对，快出来。"

克莱贝尔用眼睛找着克朗丹。他正喘着气靠在泳池边。

"过来。"他说，"走了。"

"什么？我还有二十个来回要游！"

"快点，我等下再跟你解释。"

三个男孩在人行道上集合。克朗丹暴跳如雷。

"什么事都没办法正常做！"

克莱贝尔走在他的边上，低着头。

"我再也不去这个游泳池了，"简单说，"有太多鲨鱼了。"

第八章

小兔先生送给
扎哈拉玫瑰花

扎哈拉不知道应该怎样同克莱贝尔说她喜欢他。在克朗丹的生日聚会上,她只想到要让他如火的激情暂时平缓下来。"先尊重你自己,别人才会尊重你。"这是她爸爸拉尔比最喜欢说的一句话。现在呢,扎哈拉不断自问的是,怎么能让克莱贝尔少"尊重"她一点。谁能给她些建议呢?扎哈拉是家中七个女儿里最年长、最漂亮的,也是妈妈雅思米娜的掌上明珠。但是最受宠的是最小的妹妹艾米拉,一个聋哑孩子。

"这些姑娘。"爸爸自言自语着。

他爱所有的孩子。可这些天以来,他在为扎哈拉担心。他很明显地发现她笑得少了。爸爸以前学到过,女孩子的忧郁,得在男孩身上找原因。

"你们记得下个月扎哈拉就满十七岁了吧?"他吃饭的时候说。

"这怎么会忘记呢!"妹妹德米拉、莱伊拉、奈伊玛、诺伊拉、玛丽卡喊着。

艾米拉什么都没有说，脸上露出一个美丽的微笑。她读着爸爸的唇语。

"好了，你们听着。生活只是一场快乐的幻觉。"

"哦，你不会又来了吧。"十四岁的德米拉极为反叛，她抗议道。

所有女孩都笑了起来。

"你怎么不是个哑巴呢？"爸爸抱怨地说，"我那个年代，只要我爸爸说话，没人会打断他。他总是说：'听别人说话，也是服从的表现。'"

"如果是这样，我宁愿做哑巴。"德米拉说。

扎哈拉有点害怕地看了一眼妹妹，她从小到大都顺着父亲。爸爸则无力地转向妻子。

妈妈雅思米娜双手举着，眼睛看着天上，做着并没有什么特殊意思的表情，避开了他们的谈话。

这天晚上，扎哈拉并没有和任何一个姐妹交谈，一个人待在自己的房间。她想复习化学，可她的眼前闪过各种画面。贝阿特丽斯吸引着克莱贝尔，她撩起头发，和克莱贝尔一起走远。

"你怎么了？"

扎哈拉灰色的眼睛慢慢转向德米拉。

"没什么。"

妹妹不耐烦地坐在她身边，推了推她。

"好了，说吧，他叫什么名字？"

"克莱贝尔。"

"奇怪的名字。他至少长得不错？"

"很不错。"

"你也不看看自己，你是所有人的焦点！"

扎哈拉有点忧伤地笑了起来。

"他喜欢你吗？"

"一开始的时候应该是的。可他现在和另一个女孩在一起。"

"她好看吗？"

德米拉对人与人之间关系的认识是很简单的。

"她长着红头发，腋下都是毛。她臭得很。"

虽然这纯粹是胡说，却让她觉得舒服了不少。

"你得想办法迷住他，"德米拉轻声说道，"让男孩子对你着迷也不是什么复杂的事情。"

扎哈拉打了个寒战。

"来吧，来看看你自己。"

德米拉把姐姐拉到镜子前。她解开她的衬衣，把她的裙子往上拉，又在下眼皮上画上眼线让她的眼睛更明亮，然后教她如何做出慵懒的姿态，双唇微微开启，眼睛里泛着微光。

"你们在玩什么？"莱伊拉问。

她们三个睡一间房间。

"女孩的游戏。"德米拉说。

莱伊拉虽然只有十二岁,但是在这方面她知道的并不比其他姐妹少。

"我有个草莓味道的唇彩,"她在袋子里找着什么,"它会让嘴唇湿湿的,让吻变得有香气。"

"你已经跟人接过吻了?"扎哈拉惊喊。

"你说呢!"

三个人把衬衣在腰上扎起来,幻想着在身上文身穿洞,扎复杂的辫子。

"我脚上长汗毛,太恐怖了。"德米拉说。

莱伊拉偷偷去拿爸爸的剃须刀和妈妈的紧肤霜。在做了一系列尝试以后,扎哈拉的妆容是最好看的,不过她并没有招来任何嫉妒。最后她化好妆,躺在床上。

"要是克莱贝尔看见你这样……"德米拉叹着气说道。

克莱贝尔不仅这个晚上见不到她,第二天早上他也没见到。短暂的游泳池之行让他得了支气管炎,留在了房间里。

"小兔先生也咳嗽了。喀喀喀。"

兔子一边咳嗽一边把身体弯成两段,大耳朵在空气里晃荡。

"你能让我清净一会儿吗?"克莱贝尔流着眼泪和鼻涕不断恳求着。

简单无所事事地在房间里转圈。他一只手抓起小兔先生，一只手拿着他的百乐宝袋子，然后用嘴咬着小兔女士的耳朵。这变成了他的一个新执念，用牙齿咬着小兔女士。

"别玩了，行吗？"克莱贝尔低声责备，"你会把它弄坏的。"

"它就是个玩具。"

简单来到了客厅。就在这时候，有人按响了楼下的对讲机。由于大家已经清楚地教过简单如何用对讲机，按下按钮后，他便立即向弟弟的房间跑过去。

"是杰哈拉。"

"什么？"

"杰哈拉。"

"你别咬着娃娃说话！"

当克莱贝尔搞明白来的是扎哈拉，她是来给他送作业的时候，他惊慌失措了。他头发油腻腻的，脸色发黄，眼睛通红。

"不能让她看见我。"他对简单说，"你让她把作业留下，然后代我向她表示感谢。"

没见到克莱贝尔，扎哈拉是失望的。可真让她进他的房间，她也会觉得尴尬。

"他得了流感？"

简单摇着头，然后用专家的口吻说：

"他得了咳嗽的病。"

扎哈拉笑起来。她很喜欢孩子,而简单对她来说就像个孩子。

"你带工作来给克莱贝尔了?"他问道。

扎哈拉拿出本子。

"是写字母的那种?"

扎哈拉笑着。

"是,不过也有写数字的。"

简单点着头,看起来一副内行的模样。

"12?"

女孩大笑起来。

"你会数数?"

"会。1,2,3,4,B,12。"

扎哈拉笑着,她试着让自己笑得不那么厉害,怕简单生气。可她越是想忍着,越是控制不住。简单好奇地看着她。

"你喜欢笑。"他说道。

扎哈拉擦着眼睛,笑声又从嗓子里挤了出来。她把手放在简单的手臂上。

"谢谢你。你让我心情好了很多。"

扎哈拉走了以后,简单翻着那些笔记。笔记写得清清楚楚的,简单认真审视着。

"这不好看。"

"你没有笔吗?"小兔先生问。

简单跑去拿他的笔袋，用暖色调的红色、黄色、橙色的笔，在物理笔记里模仿了好几处。他用不同的蓝色装饰着历史笔记，从天蓝到深蓝再到紫色、藕荷色。然后他在数学笔记上练习写"B"，小兔先生做着各种各样的评论：

"这个家伙要掉下来了。哦哦，另外一个它有三个肚子。"

半个小时以后，他有点筋疲力尽。他推开笔记本，突然明白自己又惹麻烦了。像每次犯了错一样，他一副惊慌失措的样子大喊着：

"克莱贝尔！"

他跑到房间，弟弟才刚睡着。

"克莱贝尔！我乱涂乱画了！"

"嗯？什么？"

克莱贝尔抬起眼皮，脑袋上一堆笔记本朝他落下来。

"我是坏人！"简单大声说。

克莱贝尔缓过神，翻着笔记。

"你不会吧？哈，你真的干了！"

他翻到历史笔记里被涂得最乱的一页。

"你要把我扔到森林里去吗？"

克莱贝尔心想：我要把你送回玛丽十字中心。他无法忍受他的哥哥了。

然而这天晚上，马卢里先生打电话给他的儿子。他正陶醉在他和名叫马蒂勒达的年轻女人的新婚里，没有心思关心孩子们。

"你好吗？"他问，"照顾简单没问题吧？"

"挺困难的。他从早到晚不停地闯祸。"

"我警告过你的。"

一阵沉默。克莱贝尔希望听到一些能给他帮助、同情的话，或者是些建议。

"我不知道玛丽十字中心是不是还有位子。"马卢里先生说。

"不是，我不是这个意思。"克莱贝尔说，"是我生病了……"

接下来是一阵咳嗽声。

"这个周末如果你能照顾简单的话……"

"不行，不可能。"

马卢里先生意识到他拒绝得太干脆了。

"你明白吗，玛蒂勒达怀孕了，简单会吓到她的。没人知道他为什么那么奇怪。"

"那么妈妈的那个药……"克莱贝尔话没说完，又咳嗽了起来。

马卢里先生没有打断他，任由他咳嗽。

"所以,你就任由我自生自灭，是这个意思吗？"克莱贝尔说。

"我通知社会服务机构。"

克莱贝尔筋疲力尽地挂掉电话。这时候安佐敲响了门。反正今天晚上他是不可能休息了,克莱贝尔干脆把所有的烦恼都倾诉给安佐。

"我该拿扎哈拉怎么办?"

"玫瑰花。"安佐说。

"玫瑰花?"

"送她玫瑰花。我正好有一捆粉色的玫瑰花,还很新。你在花里面夹一张卡片:'请你原谅我。'卡片我也有,如果你想要的话。"

室友们在获知了克莱贝尔的麻烦以后,纷纷向他伸出援助之手。克朗丹找来了包花的纸,艾莉娅让简单画些画送给扎哈拉。

"为你做的事情道歉,你愿不愿意?"

"我可以画小兔先生!"

简单画了个无比可爱的兔子,那兔子长着一对俏皮可爱的耳朵。

"他很有天赋!"安佐兴奋地说。

于是他们给简单一大堆纸让他画画。艾莉娅记得她看过精神分裂症病人画的画,好得令她印象深刻。

"这世界上是有独特的天才的。"艾玛纽埃尔说。

克莱贝尔相信他哥哥的天赋,他鼓励他画画。简单于是画了参加聚会的小兔先生、去做礼拜的小兔先生、逛商店的小兔先生……

"你能不能画画其他的东西,别只画兔子?"在完成第十二张图画后,他的弟弟建议道。

简单摇头表示不行。

"我只会画小兔先生。"

"这显然有点局限了。"克朗丹说。

扎哈拉从克莱贝尔那里回到家以后,她的两个妹妹,莱伊拉和德米拉急着想知道,她有没有见到她的心上人。

"没有,他在他的房间里。"

"你为什么不进去呢!"莱伊拉喊,"这样你不就能在他的房间见到他了。"

"你瞎说什么,"德米拉说,"你才十二岁。"

"你行了吧,老太婆!"

莱伊拉生气地走了出去。

"她太早熟了。"扎哈拉说。

德米拉眨了眨眼睛。"她说得有道理,你得到他房间里去。要是运气好的话,"她手指交叉在一起,"明天他还会在他的房间里。"

德米拉嘴上虽然说得一套一套的,可真的到了行动的时候还是很谨慎的。为了不冒任何风险,她打算陪姐姐一起去。扎哈拉假装很害怕的样子,但是为了不让妹妹泄气,她也没有装很久。最后需要决定的是她该穿什么衣服去见克莱贝尔。

"不能穿任何太性感的。"扎哈拉说,"因为我是直接从学校过去的。"

她们想出一个办法:在衬衫里面穿一件紧身吊带装。至于德米拉,她戴上头巾。扎哈拉又激动地嚷嚷起来,只有妈妈才戴头巾。

"要戴要戴,"德米拉坚持道,"这样他才能放下戒心。"

然后她们约好时间一起去勒莫纳主教街。

第二天下午五点左右,两人在一家没有开门的商店前的屋檐下做准备。德米拉穿着一直到脚踝的雨衣,绑上头巾。扎哈拉则把外套顶在头上遮雨,脱掉了衬衫,弄得一身湿。

"你弯下腰来的时候超级棒,"德米拉说,"他非疯了不可。"

"你才疯了。"

扎哈拉按下对讲机的时候,德米拉紧紧抓着她的手臂,以表示对她的支持。可她自己也紧张得不行,把她姐姐的手抓得太紧,扎哈拉疼得喊出了声。

"是谁?"一个声音响起来,"喂,先生,女士?天气很好。"

"你好,简单!你开门好吗?"

简单立即跑去找弟弟。

"克莱贝尔,救命!"

克莱贝尔还在床上躺着,感冒虽然好些了,可还是有点发烧。

"又怎么了？"

"是扎哈拉。她肯定会骂我的。"

"去拿花，快点！你跟她道歉，然后把笔记本还给她。记得给她你的画！"

简单跑到门口，慌慌张张地把花、笔记本和画一齐胡乱扔给了扎哈拉。

"乱画的是小兔先生。我呢，我画了小兔先生的画。如果我再犯一次的话，克莱贝尔会把我扔在森林里的。"

两姐妹听他说完，什么都没弄明白，一阵大笑。

"哦，你看那兔子的脑袋！"德米拉说。

"是我画的。"简单说，"因为我是个天才。"

两人笑得越发厉害了。德米拉对她姐姐轻声说：

"我们去他房间吗？"

笑声停止了。

"克莱贝尔在吗？"扎哈拉问。

简单点着头。

"我得跟他讲讲作业的事。"

"你把他的房间指给我们看？"德米拉说。

扎哈拉把花放在餐厅的桌子上，妹妹对她低声说：

"记得弯下腰来。"

简单领着两个女孩走到走廊尽头。

克莱贝尔猛烈地一阵咳嗽，咳得浑身燥热，把被子推开了。简单既没有敲门，也没说一声就闯了进去。

"哦，哦，他没穿衣服。"

两姐妹紧跟在简单后面。克莱贝尔看着她们走进来，吃惊极了。然后他一把抓过被子，拉到身上。接下来是双方各自有点混乱的解释。

"我不想打扰你的。"扎哈拉支吾着说，"不过，我来是为了告诉你……"

她忘记她要说什么了。

"有一本书。"德米拉提醒着她。

"哲学课有本书要求读一下，我把书名什么的记下来了。"

她走到床边，弯下腰，把一张纸放在克莱贝尔的前面。不过男孩并不能像预计的那样享受眼前的一切，因为德米拉的出现让他有点害怕。

"这是你的妹妹？"他紧张地问。

"是的。"德米拉回答，"不过相比扎哈拉，我更坚持对传统的维护，这是我的选择。"

克莱贝尔点头表示尊重。他心里此时希望的是这两个女孩赶紧从这里离开。

"嗯，谢谢你的花，不过你不需要这么做的。"扎哈拉一边说，一边摆着她事先和妹妹反复研究过的姿势。

"抱歉，我哥哥的那些乱涂乱画。"

"什么画？"

克莱贝尔红着脸。他这是承认了简单做的错事。扎哈拉翻着她的物理笔记，有点不高兴。与此同时，德米拉脸色阴沉地观察着眼前这一幕的每个细节。克莱贝尔光着的上身在发热，内心里是一团乱麻。

"没有关系，"扎哈拉终于开口了，"我重新抄一遍就是了。好了，再见。"

克莱贝尔又咳嗽了起来。他做了一个手势，然后把脑袋藏进枕头里。他又尴尬，又羞愧，一点也不高兴。

两姐妹走到门口，德米拉比姐姐还要不知所措。

"希望你有足够的时间，看了所有想看的。"她说道。

扎哈拉用手肘猛地撞了下她的肋骨，然后两人在楼梯上边笑边追赶着。

第九章

小兔先生认识了索西欧女士

这个周二的午餐后,艾莉娅离开了公寓。她不想再单独和安佐待在一起。安佐明白了,虽然其他人什么都没有说,但是只要克莱贝尔不在,所有人都把看管傻瓜的任务交给他。

"简单?"

简单在房间里,穿着极为得体,还打着领带。

"你在搞什么?"安佐问。

"没什么。"

他把自己扮成爸爸,小兔先生是他的儿子,小兔女士是他的女儿。这是个游戏。

"我出去逛一圈,"安佐说,"你能乖乖待在家里吗?"

"我是蒙奇宾格先生。"

安佐有点担心地看了他一眼,然后重复道:

"蒙奇宾格?"

简单点着头,然后继续说道:

"我有一个儿子和一个女儿。"

"太棒了。好好照顾他们。我一个小时以后回来。"

一个小时没人管他！小兔先生不敢相信自己的耳朵。门一被关上，它的脑海就沸腾了。

"我们到处去逛逛？"

他们先跑到克朗丹的房间。在那里，蒙奇宾格先生很满意地找到一部手机。他二话不说把它放进口袋里，然后跑去安佐的房间。

"笔记本！"小兔先生兴奋地喊道。

安佐那本大大的本子放在床上。

"蒙奇宾格先生，他是写故事的作家。"小兔先生说。

简单郑重其事地点着头，把本子夹在手臂下离开了房间。然后他站在艾莉娅和艾玛纽埃尔的房间门口，犹豫着。

"你觉得那些小人，他们还在这里吗？"

小兔先生对那天清晨从这房间里传出来的奇怪响声记忆犹新。不过这个世界上所有的事情都是有答案的：

"小人们害怕蒙奇宾格先生。"

简单走进房间，看起来信心十足。

"电视机！"他对着一台打开的电脑喊着。

他走过去看到键盘。

"是个电脑。"他说。

他把安佐的本子放在写字台上，坐下来。

"我来玩一会儿电脑。"

艾玛纽埃尔会在电脑上整理他的课堂笔记,他没有把文档关掉,于是简单敲着键盘,在他的笔记上加了几个字。在点了好几个符号以后,他看着屏幕。这屏幕好像是在问他:发生什么事了?简单记得类似的场景以前发生过。

"浑蛋,电脑出毛病了!"

小兔先生开心地笑了起来。

"他说了脏话,蒙奇宾格先生。"

简单一边嘴里说着"嘘",一边伸长耳朵。他好像听到楼下对讲机响了。第二阵铃声响了起来。

"您好。我是巴尔多,社会服务机构的。"

简单按下按钮,站在门口等索西欧[1]女士。她是走楼梯上来的,用手捂着胸口,气喘吁吁的。

"我不喜欢……电梯……这里是马卢里先生的家?"

"是蒙奇宾格先生。"简单自我介绍道。

"这公寓里住着好几个租客,是吗?"

"是合租。"简单让开路,好让这个大屁股的女士往里面走。

"我看您在整理东西。"她看着简单手上拿着的兔子说。

"这是我儿子。"

---

1 即巴尔多。

"我的儿子也有这种旧旧的、看上去吓人的娃娃。所以您是个年轻的爸爸？"

"我还有个女儿。"简单补充道。他对于找到个玩伴很高兴。

"恭喜恭喜……马卢里先生在吗？"

简单口袋里的手机振动了起来。他轻轻地抖着说：

"电话。"

"喂，克克？"电话那头说，"是妈妈。"

简单一愣。妈妈死了啊。不过，说不定人死了以后会变成个小人？

"喂，听得见吗，宝贝？"

"听得见！"简单摇晃着小兔先生的耳朵。

"你好吗？"

"天气很好。"

"你在电话里的声音有点奇怪……"

为了回避，巴尔多女士刻意走远些。她看了一眼客厅。

"听着，"克朗丹的妈妈说，"我们打算周六来。"

艾莉娅和克朗丹的父母，穆沙博夫先生和女士住在潘波勒，他们不常来巴黎看孩子们。而两个孩子并没有将他们的新合租伙伴里有个智障的事情告诉父母，因为觉得没这个必要。

"我们能睡在你的客厅里吗，我和你爸爸？"

简单脑子越来越不清楚了。为什么爸爸要睡觉？他想解释清楚，他是蒙奇宾格先生。

"这不是简单……"

"我不觉得这有什么复杂的！你直接说你不愿意就是了……"

"是的！"简单对着电话吼起来，他显然已经不耐烦了。

他把电话挂掉，回到客厅去和索西欧女士玩。她听出来蒙奇宾格先生在打电话的时候有点生气，可她装作若无其事的样子。

"您还好吗，女士？"他愉快地说，"天气真好。"

"是……不过昨天开始有点凉。我能同马卢里先生说话吗？"

简单摇摇头。

"啊？他不在家……我能请您传个口信吗？"

哎呀呀！这游戏怎么变得有点复杂了。简单皱着眉头。

"我知道马卢里先生哥哥的情况，他是个……智障。"

她用一种难受的口气说，这样不会给人一种冷漠的感觉。

"一个白痴。"简单纠正道。

"随便您怎么说。"巴尔多女士冷冷地继续说。

这蒙奇宾格先生让她越来越觉得不舒服。

"听说这个成年的男孩，现在是由他未成年的弟弟在照顾的。您知道这情况吗？"

因为女士看起来不太高兴，所以简单觉得到了把责任推到小兔先生身上的时候了。

"不是因为我，是……"

"我知道这不是您的责任，蒙奇宾格先生！我只是想看看有什么办法可以帮助马卢里先生。关于他们的情形，目前我只知道弟弟的名字，叫克莱贝尔，我不清楚哥哥叫什么。"

简单没有反应。

"您不知道这个年轻人叫什么吗？他可是住在这里的！"

简单以为这是个谜语游戏。

"克朗丹？"

"克朗丹。"巴尔多女士重复着这个名字，为了让自己记住，"好的，总结一下就是，您能不能转告马卢里先生，考虑把克朗丹送到玛丽十字中心去，至少在工作日的时候。周末克朗丹可以回这里。我觉得这是个解决方法。我不认为这是完美方案，但可能是比较理想的。请您告诉马卢里先生，让他同社会服务机构联系。我留个电话给您……您让他找巴尔多女士。"

简单把那张字条往口袋里一塞，他决定是时候结束这个不好玩的游戏了。

"我要去跟我的儿子玩了。"他指了指小兔先生。

"啊，抱歉……我不知道他在等您。好，我走了。"

简单几乎是赶索西欧女士到出口，但他也不送她出去。

真的有人会让你觉得你是在打扰他们。巴尔多女士有点愤愤地想。

就在简单回到房间里准备玩的时候，电话又响了。

"讨厌死了。"小兔先生说。因为这手机，它已经很紧张了。

"喂，克朗丹？"一个男人在电话那头说。

"怎么了？"简单抱怨着回答。

"你不许用这种口气跟我说话。"克朗丹的爸爸说，"你妈妈刚跟我说，你用让人很不舒服的方式跟她说话。我警告你这是不可以的。我可以切断你的生活供给！"

用于回击，简单猛地把电话挂掉了。然后他极不高兴地把电话放回克朗丹的房间。

艾莉娅在安佐回来前先回到了公寓。当她走进房间的时候，她立即看到了电脑上的蓝屏。

"又出问题了。"她边说边用鼠标在垫子上滑动着。

这动作让那本笔记本掉了下来。艾莉娅认出了笔记本，把它捡起来。这不是安佐到哪里都拿着不放的那个本子吗？她翻开来读着："爱玛美得叫人心醉。"这是安佐小说的第一个句子。艾莉娅皱起眉头。这本子怎么在这里？答案显而易见。趁着她不在，安佐把它放到了她的写字台上。她先是想把它往他的脸上扔，就像扔那束花一样。不过，她完全可以翻着看看，然后装作什么都没发生过的样子。反正他也不会知道。

她开始读第一章。虽然文字被涂改得乱七八糟，但并不影响阅读。艾莉娅很快就明白了，爱玛就是她。她有点烦躁地读着。

一个男孩——一个叫罗兰佐的傻瓜，喜欢爱玛。艾莉娅带着一种好玩的心态，开始读爱玛和罗兰佐的故事。她全然被故事俘获了，躺在床上读着。第四章，第五章，第六章……她想知道后面发生了什么，可故事在一个关键时刻停止了，一个对男主人公来说的关键时刻。

艾莉娅把头埋在枕头里。安佐居然写小说？他有这天赋。她居然想重新读那第一章："爱玛美得叫人心醉。"时间在安佐的笔下停滞了。这时候艾莉娅听到艾玛纽埃尔走进来的脚步声，她赶紧把笔记本放到枕头下面。

"已经躺床上了？是不是想我了？"男孩开玩笑地走进来。

"看你的电脑。它看起来坏了。"

艾玛纽尔埃跑到电脑前，艾莉娅趁机把安佐的本子藏在她的衣服下面。她准备去把它还给他，但是一句话也不打算同他说。可安佐不在客厅里。她敲了敲他房间的门，也没任何回应。她走进去，看了眼放在床上乱七八糟的衣服、书籍，把本子一扔。

随后其他人纷纷回到公寓。先是克莱贝尔，接着是安佐、克朗丹。三人都对他们不在的时候发生了什么一无所知。

"这是给你的。"简单把一张字条递给弟弟。

克莱贝尔看着那电话号码。

"你是从哪里搞来的？"

"索西欧女士给我的。"

"你是说有个女士来公寓了?"

简单点点头。

"她来找谁的?"

"蒙奇宾格先生。"

克莱贝尔一头雾水地重复着这名字。

"她肯定是找错地方了。"

他想,得去问问门房。"蒙奇宾格"听上去像德语或者阿尔萨斯语。

"我巴度了。"简单突然说。

"你什么?"

"我巴度了。"

克莱贝尔睁圆眼睛。

"什么意思?"

"意思就是我肚子饿了。你呢?你巴度吗?"

克莱贝尔想回答他,却说不出话来。简单让他无话可回。

"你买金布吉了没有?"

"什么?你为什么这么说话?"

"这是另一种语言。"简单耐心解释道,"我在说另一种语言,金布吉是咬下去脆脆的面包。"

"好了好了,"克莱贝尔抗议道,"你正常说话,脑子有毛病……真是够了。"

"哦，哦，这个布洛吉纽不好。"

克莱贝尔冷笑着。处理这种情况的最好方式是别把他当一回事。简单会慢慢安静下来。可晚餐的时候，他又去跟艾玛纽埃尔说，让他把金布吉留给他吃。

"什么？"艾玛纽埃尔说。

"就是咬下去脆脆的面包。"克莱贝尔阴郁地说。

"哦？你在哪里买的？"克朗丹问。

"我猜是在面宝店。"

所有人都在等克莱贝尔的解释。

"简单自己创造的各种词汇，不用理他。"

"啊，太棒了！"安佐赞叹着，"金布吉！"

艾莉娅偷偷地看了他一眼，不敢与他正面对视。"爱玛美得叫人心醉。"这句话在她的头脑中盘旋着。她想问他："最后爱玛和罗兰佐在一起了吗？"

"我也要同他讲另一种语言，"安佐说，"简单，你把卡索亚斯递给我？"

"这是什么？"简单问。

"我以为你会说另一种语言啊……"

"我是会说，但是我的语言跟你的不一样。"

"卡索亚斯就是沙拉。克朗丹你夹完卡索亚斯递给我。"

"好的，"克朗丹说，"你把金布吉给我。"

一顿饭吃完,克朗丹和安佐笑得眼泪都快流出来了。艾莉娅也忍不住捂着嘴笑。

"好了,玩一会儿就好了,"艾玛纽埃尔说,"玩久了就无聊了。"

"哦,哦,这个布洛吉纽不好。"

克朗丹心情极好地去睡觉了。这个简单还真得申请专利把他保护起来。

克朗丹的手机在上午十点半左右响了起来。

"克朗丹,是妈妈。宝贝,你别挂电话。如果有什么事,我们得说开了。"

"什么?"

"别,别生气。是不是有个女孩和你一起合租?你知道,我们对这个也不意外。"

穆沙博夫女士可是豁出去了。就算儿子告诉她,他跟安佐在一起了,她也会接受的。她都哭了一个晚上了。

"什么年轻女孩?"克朗丹生气地喊。

"别,别,你别这么吼!这没有关系的。你有你的私生活,这都很正常。但是你不能因为这个挂电话。"

克朗丹觉得浑身发冷,他妈妈这是疯了。

"爸爸在家吗?"他慢慢地说。

"在,不是,不在……我的意思是你完全可以跟我说。如果你觉得不想让你爸爸知道……"

穆沙博夫先生就在他妻子的对面，他悄悄对妻子做了个手势。克朗丹思索着。

"你吃的什么药？"他半天说出这句话来。

穆沙博夫太太惊恐地看了丈夫一眼。

"怎么了？"他轻轻地问。

克朗丹的妈妈把电话拿得离她远了些，小声说道：

"他跟我说药。"

穆沙博夫先生忍不住了，他一把抢过太太手里的电话。

"你生病了？"

突然之间，克朗丹觉得他从前的那个世界坍塌了。他的父母真的是他的父母吗？自从简单进入了他的生活以后，一切都和从前不一样了。他香烟也不抽了，也不再暴饮暴食了，甚至还开始运动了。克朗丹不再是从前的克朗丹了。"我可能名字也改了。"他想到了那个金布吉。他挂掉手机去找安佐。

"你怎么了？"

"我不太好。"

他把刚才发生的事告诉了安佐。

"不是，"安佐说，"你爸妈是得阿尔茨海默病了吧？搞什么。"

"是吗，"克朗丹有点放心了，"看来有问题的人不是我！"

隔壁房间里，艾莉娅竖着耳朵在听。她听到安佐房间里有两个声音，没什么太大意思，是克朗丹在那里讲话。但是她忍不住一直在想安佐。"爱玛美得叫人心醉"这句话萦绕在耳边，她睡着了。

第二天艾莉娅从学校回来，安佐在客厅里。他坐在沙发上写东西。她犹豫着，脑袋从门里伸出来。

"你在用功？"

"没有。"

安佐脸红了，心怦怦地跳动着。因为，他已经决定不再喜欢艾莉娅，然后在二百或者三百页之后移情别恋。

"那，故事怎么结尾的？"她指着那本大本子。

安佐并不吃惊。他常常做出作家在那里寻找灵感的样子。

"我还不知道。"

她坐在离他不远的地方。

"我读了。"她承认道。

"你读了什么？"

"'爱玛美得叫人心醉'。"

安佐有点难以置信地看着她。

"你……你拿了我的本子读了？"

"好了，别装了。我读它，是因为你把它放到我的写字台上了。"

"我？我从来没做这事！"

"行了，安佐！"

"我跟你发誓……"

"我觉得写得很好。"

安佐忘记了他刚才的抗议。

"啊，是吗？"

"甚至是极其出色的。你得把它写完。"

这世界变了。艾莉娅对安佐感兴趣了。

"你看，我以前觉得你是个游手好闲的人，你对克朗丹产生了不好的影响……"

"我是个游手好闲的人，我对克朗丹产生了不好的影响。"安佐承认道，"但是我布洛奇你。"

"你……什么我？"

"我布洛奇你，就是另一种语言里'我喜欢你'的意思。"

艾莉娅吃惊地大笑起来。

"你蠢不蠢。"

她语调里的那种温柔让安佐浑身震颤。他把手伸向艾莉娅的手腕，用指尖抚摸着她。

"艾莉娅，我们就不能……"

"不能，"她说道，"有艾玛纽埃尔。"

"有艾玛纽埃尔。"他顺从地重复着。

他往沙发里陷进去，眼睛看着天花板。艾莉娅感觉从身体深处涌起一股潮水一般的冲动,使她想要扑到安佐身上。她惊恐地站起来。

"好了,你继续写吧。"

安佐看着她落荒而逃。

"她这是爱上您了,我的孩子。"维勒迪奥先生判断说。

安佐又一次来找老先生说心里话。

"您真的这么觉得?太不可思议了……"

在一秒钟的时间里,他既感到希望又觉得绝望。

"艾玛纽埃尔比我好多了,不是吗?"

"他确实比您更男人。可现在的小姑娘喜欢男孩,不是男人。"

"乔治,您这是《嘉人》杂志读多了。"

"您现在的问题,"老邻居继续说道,"您现在的问题并不是您的对手,而是这个小艾莉娅,她到底是怎么想的。"

安佐不说话,只是点点头。

"让她吃醋。"维勒迪奥先生对他说道。

这天晚上,机会来了。巴尔多女士不知道从哪里拿到了公寓的电话,她决定在晚餐的时候打电话给克莱贝尔。接电话的是安佐。

"我是巴尔多,我想与马卢里先生讲话。"

"啊，是你，史蒂芬妮，我都没认出你的声音。"

"您应该是弄错了。我的名字叫弗朗索瓦斯，弗朗索瓦斯·巴尔多，社会服务机构的。"

"今天晚上？不行，已经晚了……"

"您能让马卢里先生接电话吗？"巴尔多女士吼起来。

"明天？好吧，不过你别到公寓来等我。"

艾莉娅竖起耳朵。这是个在追求安佐的女孩，很有可能是个学文学的女生。他们就想着这些事……艾莉娅火冒三丈地想。另一边，巴尔多女士已经把电话挂了，安佐一个人对着空气讲话：

"好好，我到你这里来。不过我不能待太长时间，我最近累得要死。好了，拜拜！"

他转过身来，对自己的表演很是满意。可他立即就与艾莉娅不愉快的眼神相遇了，他马上又后悔起来。

"这个史蒂芬妮是谁？"克朗丹问。

"哦，是个可怜的姑娘。丑得跟……反正不好看。"

安佐在踩烂"史蒂芬妮"这一行动中，做得有点夸张。而史蒂芬妮在艾莉娅的心中深深扎了根，一个世界小姐和邦女郎的混合体。

而另一边呢，克莱贝尔寻找着蒙奇宾格先生，想要把索西欧女士的电话给他。

"我在这楼里住的时间不长，"门房对他说，"我确实不认识叫蒙奇宾格的人。您应该去问维勒迪奥夫人,她在东欧有亲戚。"

维勒迪奥先生对这个去做礼拜的年轻人来他家感到很高兴。

"蒙奇宾格?"他思索着说,"我说伊芙特,这不是你第二个丈夫的姓氏吗?"

维勒迪奥夫人耸耸肩膀。

"胡说什么呢!是蓬彭。我就是为了这名字离婚的,伊芙特·蓬彭!看看现在,现在是维勒迪奥,是不是好多了。"

克莱贝尔准备离开。

"您按这号码给这女士把电话打过去不就行了。"乔治在门口对他说。

克莱贝尔觉得他没早点想到这一点,真是挺笨的。

"喂?"一个疲倦的声音响起来。

"喂,您好。我想同索西欧女士讲话。"

"这里没人叫这名字。您找哪个机构?"

"机构……没有……"

克莱贝尔挂断了电话。

"机构。"他低语着。

"索西欧女士?哪个机构?"

"社会服务机构……"

哦,哦,这个布洛吉纽不好。

第 十 章

小兔先生和那个聋哑女孩相处得非常好

克莱贝尔有一个在年轻人之间相当流行的想法，就是只要不去想存在的问题，它就能自行解决。于是他把索西欧女士和蒙奇宾格先生一起送走了。他有其他重要的事情要做。

在听了班里同学的谈话后，他明白自己是唯一一个还没有女朋友的家伙。更叫人难过的是，他知道爱情是人生的一桩大事情。

他一直在想贝阿特丽斯。有的时候，她从早到晚念叨着克莱贝尔。可第二天她又好像连他的名字是什么都不知道了。她约他一起去看电影，然后又忘记了确认这件事。她说"我给你打电话"，最后又没有这么做。就在他也不再等她的时候，她又来电话了。

克莱贝尔有一种强烈的倾诉欲，可是他只要一同简单说起"贝阿特丽斯"这几个字，简单就去找小兔女士，然后用它的脑袋撞墙。一筹莫展时，克莱贝尔只能重新读高一时看过的《红与黑》。于连，这个害羞又低人一等的男人，是怎么让瑞那尔夫人爱上他的？"他是个十八九岁的小伙子。相貌不算端正，但很清秀……安静的时候，他大大的黑眼睛里闪着思索的光芒与火焰般的光彩……"再给他戴上眼镜，简直就和克莱贝尔一模一样。"于连把他的嘴凑到瑞那尔夫人的耳边，冒着让她声名狼藉的风险，对她说：'夫人，今天夜里两点，我到您的房间去。我有话要同您说……'"

克莱贝尔在深夜时走进了"瑞那尔夫人"的房间。"几个小时后，于连走出了瑞那尔夫人的房间，可以说，他别无他求了。"克莱贝尔发出一声叹息。

"你在干什么？"简单问。

"你难道看不出来？我在让自己变得更有文化！"

克莱贝尔应该像于连一样去找寻他的机会。贝阿特丽斯跟他说过，这个星期六下午，她要在家里为数学测试做准备。他想主动向她提供帮助。可如果他不在的话，简单一个人怎么办？安佐不愿意再照管他了。克莱贝尔想到一个好办法：把他的哥哥托付给扎哈拉。

"我得去买衣服，"他对女孩说，"可简单在商店里永远难缠得要命。我能把他留在你家里吗？一个或者两个小时，这星期六？"

"我问问我妈妈。"

当雅思米娜妈妈得知克莱贝尔有个残疾哥哥的时候，她对他毫无保留地敞开了胸怀与家里的门。

星期六,扎哈拉、德米拉、莱伊拉和玛丽卡一起迎接了两兄弟。

"男孩子们在哪里?"简单在房间里看了一圈后问。

女孩们笑了起来。

"这里只有女孩子。"克莱贝尔对他说。

他在玄关处跳着,好像是在为比赛热身一样。

"女孩们很傻,"简单说,"我不要待在这里。"

"我有彩色铅笔,"扎哈拉对他说,"你可以给我们画兔子。"

克莱贝尔眨了眨眼睛溜了出去。简单很不高兴,他用手指着莱伊拉和玛丽卡:

"我,我不给这个和这个画兔子。"

"你听,他话都说不清楚。"玛丽卡嘲笑着。

"那是因为我说的是另一种语言!"简单生气地说。

"是因为你是个傻瓜!"

"你呢,你是个肚子古里[1]!"

妈妈雅思米娜听见他们吵架,立即跑了过来。

"啊,他来了?你好……你好吗?来,进来,到客厅来。"

她讲话的声音很响,好像简单是个聋子一样。简单一边服

---

[1] 肚子古里,是简单发明的词,意思是"傻瓜"。

从着一边喃喃着：

"我，这里的人我一个也不喜欢。"

他在口袋里把小兔先生的耳朵转过来转过去。

"找点什么事给他做呢？"雅思米娜妈妈说。

"我要走了。"简单低声说。

他站在客厅中间，眼皮垂着，嘴巴颤抖着。他不明白为什么克莱贝尔把他抛弃在这个只有女孩子的家里。一阵脚步声让他抬起了眼睛。进来的是艾米拉。小聋哑女孩一边对着妈妈做手势，一边从喉咙里发出沙哑的声音。简单用一种惊叹的眼神看着她。艾米拉长得很难看。虽然眼睛已经动过手术，可她还是有点对眼，而且戴着一副很大的眼镜。她耳朵上戴着的助听器，只能为她带来来自这个世界的、遥远的回响。她对简单微笑着，用手语向他打着招呼。

"她要带你去看她的玩具。"雅思米娜妈妈说。

简单走在艾米拉的后面。女孩和姐姐玛丽卡住一个房间。

"你看着他们两个？"妈妈对玛丽卡说。

女孩叹了口气。她得照看一个傻瓜和一个聋子，一整个下午！来到房间里，艾米拉拿出一个盒子，从里面拿出她最喜欢的装扮：睡美人的裙子、阿拉丁的鞋子、蓝仙女的帽子……所有这些珍宝都点亮着简单的眼睛。

"你可以走了，"他对玛丽卡说，"我跟她玩。"

他用手指着艾米拉。

"好，这样最好。"玛丽卡边说边用力关上门。

艾米拉接着打开了她的珠宝箱。这下小兔先生忍不住了，他伸出了两只长耳朵：

"嘿！"

他跳到珠宝堆里。

"金子，还有钻石！我有很多钱，很多很多的钱！"

艾米拉笑了起来。小兔先生突然有了个超级棒的主意：

"要是我们扮成女士呢？"

盒子里有所有装扮成女士所需要的东西：雅思米娜妈妈的一条旧长裙、披肩、围巾、扇子、粉红色的草帽、围裙……小兔先生在耳朵上系上一条红色的三角形围巾，扮成一个农妇。艾米拉穿上睡美人的裙子，简单呢，在他的裤子外套上长裙子，然后戴上一堆首饰。

"不如打扮成美人？"小兔先生建议道。

艾米拉去卫生间找眼线笔、眼影、唇膏和腮红。简单坐在镜子前，开始给眼睛化妆。

"我要画蓝颜色。"他在眼皮上涂着颜色，"然后加一点……"

他看着眼影盒。

"大便色。"

他在另一个眼皮上涂上金棕色。

"你给我嘴上擦点唇膏？"小兔先生对艾米拉说。

小女孩在兔子的嘴唇上画了个好看的红色心形，然后给它的脸上打上腮红。

"您很美，先生。"简单赞美道。

"是的，不过我很臭。"

艾米拉有一堆香水试用装，她给小兔先生抹上。

"你可以擦在袜子上。"简单说，"你的脚很臭。"

扎哈拉发现玛丽卡根本没有在照看简单和艾米拉的时候，他们的游戏已经玩了好一会儿了。她跑到房间发现两人穿着各种亮眼的旧衣服，脸上擦着化妆品。这场景叫人啼笑皆非，扎哈拉忍不住大笑起来。

"不是我干的，"简单说，"是小兔先生。"

"哦，可怜的家伙！"扎哈拉看到兔子身上被画了个巨大的红色心形，油腻腻的。

扎哈拉慢慢意识到问题的严重性。房间里乱成一团，眼影被弄碎了，唇膏被压得扁扁的，衣服上到处是污渍。

"艾米拉，艾米拉！"扎哈拉一边喊一边对她摇着手。

女孩用手指着小兔先生，意思是，是它要玩这个游戏的。

与此同时，克莱贝尔在玩着男人的游戏。

"咦，是你？"贝阿特丽斯在台阶上发现了他。

"我正好在这里……要不要一起复习？"

"我爸妈应该马上就要回来了。"贝阿特丽斯有点挑逗地笑着。

她的这句话可以有两种理解。第一种是她对克莱贝尔的提议是有兴趣的，表示她是一个人。还有一种意思像是个警告。她是一个人，但是这种状态不会持续很久。

"你要看看我的房间吗？"

克莱贝尔点点头，耸着肩膀，意思是：为什么不呢？

贝阿特丽斯房间的家具都是在一家品牌店买的。松木的小床、可折叠办公桌、小小的装饰性书架。克莱贝尔看着四周，感觉他好像长了双巨大的脚。

"你觉得怎么样？"

"很……很……"

他显得犹豫不决。在他的想象中，她会有一张巨大的带着华盖的床，涂着暗色调的油漆，地上铺着厚重的地毯，像瑞那尔夫人的卧室。

"那些题我一点没搞明白。"贝阿特丽斯抓起她的数学作业说。

克莱贝尔肩并肩地贴着她，假装读着课堂笔记，手臂揽向她的腰。

"你是来复习的还是来调情的？"

他坏坏地笑起来。

"不能两件事一起干吗？"

贝阿特丽斯退开几步。她开始对克莱贝尔有所警惕，这家伙越来越肆无忌惮了。

"我爸妈就快回来了。"

"你刚才说过了。"

他一边微笑，一边丝毫不浪费时间地把手放在他想放的地方。

"你差不多了吧？"

"我爱你。"他毫无边界感地说道。

他把她搂到身前。她先是反抗着，但是很快就任由他亲吻。克莱贝尔的脑袋发昏。她居然妥协了！妥协了！突然他觉得是自己被紧紧地搂着了。她贴在他身上，像一只猫一样在他身上蹭着。于连是怎么解决这种情况的？小说里并没有清楚的解释。想着想着，他推开贝阿特丽斯。她撩起头发，然后开始找纸、笔，打开本子又合上。一切都乱七八糟的。

"好了，你安心复习吧。"克莱贝尔支吾着。

可他不能就这么走了。他赢了新的地盘，得在上面插上胜利的旗帜。

"你不会生我的气吧？"

"你真讨厌……"

克莱贝尔能感觉到她的责备其实是一种赞扬。她不再把他当一个小孩看了。

"我爱你。"他用有磁性的嗓音对她说。

他不敢再把她搂在怀里。再来一次有可能会显得有点多。他离开了公寓，对自己还算满意，只是觉得疲倦得很。

走在街上他不断地吸气、呼气，吸气再呼气。在去扎哈拉家之前，他花了足够多的时间让自己平静下来。

"你都买了些什么？"她问他。

"买什么？哦对了，什么都没买，那些东西都不怎么样。"

她奇怪又尖锐地看了他一眼。他脸红了。

"简单怎么样？"

"他和艾米拉相处得很好。"

克莱贝尔走进聋哑女孩的房间的时候，小兔先生正在烘干机里烘干。

"口红没有都擦掉。"简单对弟弟说。

兔子的脸上有了个血红的微笑。

"这可不怎么样。"克莱贝尔说。

他感谢了扎哈拉和她的妈妈，然后带着简单来到杜乐丽公园。他看着那些帆船和小孩，不知道为何，突然有种想哭的感觉。

克莱贝尔和简单在杜乐丽公园闲逛的时候，艾莉娅和艾玛纽埃尔一个坐在床上，一个坐在书桌前用功。艾莉娅不时伸长耳朵听着安佐是否回了公寓。

"是不是有人按门铃？"艾玛纽埃尔说。

他坐在椅子上不动，于是艾莉娅叹着气站起来。

"爸爸？"她看到父亲从电梯里走出来，"妈妈？"穆沙博夫夫妇拿出参加葬礼时的架势拥抱着艾莉娅。

"我们试着打电话给你，"穆沙博夫先生说，"但是每次接电话的都是个什么蒙奇宾格先生，他老跟我们讲下雨或者天晴的事情。"

"你们应该是打错号码了吧。"艾莉娅回答。

"没有，亲爱的，不是的。"穆沙博夫太太沮丧地说，"我和你爸爸都想，克朗丹最近一定非常不好。"

艾莉娅吃惊地看着她。

"你倒是好好解释啊！"穆沙博夫先生生气地说。

"嘘，他说不定就在边上。"妻子轻声说道。

"他不在家，出门去了。"艾莉娅说，"不过，克朗丹怎么了？"

"他号称自己是蒙奇宾格先生。"

艾莉娅的爸爸向她解释，克朗丹在电话里是如何粗暴地同他们讲话的。

"我们打电话到这里想找你的时候，是他接的电话。他拒绝让你听电话，电话里的声音像个机器人，完全认不出来。"

穆沙博夫太太抽泣了一下。艾莉娅想，她的父母很有可能是把电话打到了简单的手里。可他们却说接电话的是克朗丹，这事情确实有点奇怪了。

"你什么都没有发现？"妈妈问。

艾莉娅先是摇了摇头，然后她突然停住了。

"怎么了？"

"没有什么……克朗丹戒烟了。不过他非但没有发胖，反而瘦了。"

"他瘦了！"穆沙博夫夫人重复着这令她越发伤心的消息。

"他瘦了很多吗？"穆沙博夫先生尤其强调"很多"这个词。

"八九斤吧。可他这样挺好的，他以前有点圆滚滚的……对不起，有人按门铃。"

艾莉娅按下对讲机的按钮，听筒那头传来一个声音：

"巴尔多女士。"

这次她主动出击。勒莫纳主教街的这些租客让她觉得很值得怀疑。在玄关看见有三个人站在那里，她有点吃惊。

"您好。"她不太友好地说，"我是巴尔多，社会服务机构的。我是来把克朗丹带去养护机构的。不知道你们是不是已经知道这事了？"

"我的上帝啊！"穆沙博夫女士两只手紧紧地攥在了一起。

"你在说什么啊？"艾莉娅问道。

"我不认识您,小姐。"巴尔多女士对这件事已经极为不耐烦了,"我不需要向您提供关于克朗丹的任何信息。"

"可我们是他的父母!"穆沙博夫先生大声说。

就在这时,门口传来钥匙开锁的声音,克莱贝尔走了进来,后面跟着他的哥哥。

"那么多人。"简单一边嘀咕着一边撞开拦在他面前的人们。

"您撞着其他人了,蒙奇宾格先生。"巴尔多女士观察着简单,不高兴地说。

"我是简单。"

巴尔多女士有种想让他闭嘴的冲动:

"简单和粗暴是有区别的!"

"等等!"穆沙博夫女士喊,"您为什么喊他蒙奇宾格先生?"

"因为这是他的名字。"巴尔多女士回答。

克莱贝尔担忧地看着眼前这个女人。而她也看出了这种担忧的眼神。

"我想问一下,您是不是马卢里先生?"

"是的。"

然后她吼出来:

"克朗丹没有和您在一起吗?"

"没有……"

"您让他这么不受监控地随便跑?"

"我为什么要监控克朗丹呢？"克莱贝尔一脸惊讶。

"我不责怪您，因为您那么年轻，"巴尔多女士眼神严厉地说，"可这还是有点不负责任，他在哪里？"

"克朗丹？这……我怎么知道。"克莱贝尔支吾着。

"他失踪了？"穆沙博夫女士惊喊。

这时候，门口又传来开锁的声音。有可能是安佐，也有可能是……

"克朗丹！"艾莉娅、她的爸爸妈妈和克莱贝尔一起喊起来。

他往后一退。

"把门关上，"巴尔多女士命令着，"他会像一只兔子一样逃跑的……"

"嘿！"巴尔多女士背后响起一个声音。

她觉得有什么东西轻放在了她的肩膀上。她转过头时吓得跳了起来，两只长耳朵刚好扫过她的脸颊。她往后一退，看见蒙奇宾格先生晃着一只毛绒玩具。

"它是谁？"他调皮地问道。

"是小兔先生！"克朗丹吼着。

这些人都有毛病。巴尔多女士想。

当克莱贝尔解释清楚简单——他的哥哥是个智障以后，所有人都明白了，蒙奇宾格是个虚构人物。克朗丹的妈妈明白了简单因为是个傻瓜，所以在没有恶意的情况下，在电话里惹出了这些误会。

"可是,"她对儿子说,"在电话里跟我说话的人到底是不是你?"

克朗丹盯着简单看。

"不是我,"简单说,"是小兔先生。"

离开前,巴尔多女士约克莱贝尔下个星期六见面。

"请您想办法独自前来,不要带着您的哥哥。我们可以安心谈一下。"

第十一章

小兔先生重新走上
去玛丽十字的路

面谈的周六到了,克莱贝尔再次把简单送到了扎哈拉的家。小艾米拉在门后面等着他们,一看到她的朋友,她高兴得跳了起来。简单脸上挂着的微笑,如同两只耳朵间挂着一张吊床。

"他们两个相处得很好。"德米拉说,"不知道他们是怎么做到的。"

艾米拉歪着脑袋,用手指着简单的口袋。简单把手伸进去,从里面拉出小兔先生:

"嘿!"

克莱贝尔和扎哈拉好笑地互相看了对方一眼。

"我得走了,"男孩说,"两点我约了人。"

巴尔多女士在一间小小的、放满金属柜子的办公室等着他。

"请坐,马卢里先生。我很高兴您能抽时间来这里。您的生活真是不可思议!"

她用一种如此深刻的、同情的眼神看着克莱贝尔,以至于克莱贝尔自己都忍不住要同情自己了。

"确实,不是每天都那么容易的。"

"您是个非常棒的弟弟。您这么年轻,却有如此大的奉献和牺牲精神,是超出人们想象的。"

克莱贝尔心想,不知道社会服务机构是不是打算要给他一枚奖章。

"但是您也得为自己考虑。您不能因为乐于奉献而威胁到自己的前途。"

有个智障哥哥,在追女孩这件事上确实不能算是个优势,可克莱贝尔到目前为止倒也没有觉得受到其他的威胁。

"我当然不是在宣扬自私,但是所有的事总是要有个尺度的。"

巴尔多女士喜欢讲些空洞的话。在讲了十分钟以后,她终于谈到了主题:

"马卢里先生,我要同您讨论的是,您的父亲要求我们重新考虑,将简单,也就是巴尔纳贝重新安置在玛丽十字中心的提议。"

要睡着的克莱贝尔差点惊得跳了起来。

"玛丽十字?"

"我知道……"

她已经准备好了来自克莱贝尔的反对:

"我知道您对这个机构有些意见。但是他们刚刚换了负责人。如果说过去他们的方法确实应受到批评,比如过度依赖药物,但是现在他们有了新的制度……"

她继续不停地说着。克莱贝尔能感觉到眼皮又开始变得沉重了。

"总而言之,在您父亲,也就是巴尔纳贝的合法监护人的允许下,我建议您周一到周五把巴尔纳贝放在玛丽十字中心。周五晚上或者周六早晨,您可以来接他。在玛尔丽·勒华镇,离快速城轨站不远。"

如果是在几个星期前,克莱贝尔一定会大喊:"玛丽十字,门儿都没有!"可是他累了。巴尔多女士的那些话听起来是合理的,而且她用包裹着赞美的方式来陈述给他听。

"您的父亲周日会来接巴尔纳贝,送他去玛丽十字中心。"巴尔多女士总结道。

克莱贝尔与她握了握手。小兔先生的命运就这样被决定了。

"怎么样,她想做什么?"扎哈拉问道。

克莱贝尔耸了耸肩膀,好像刚发生的事没什么大不了一样:"她建议我周一到周五把简单放在玛丽十字中心。"

"你拒绝了?"扎哈拉显然觉得这是他理所当然应该做的。

"没有。"

出于尴尬，两人不再说话了。

"简单和艾米拉玩得很高兴，他们在比赛画兔子……"

克莱贝尔觉得愤怒，好像扎哈拉无声地在责怪他什么一般。

这天晚上，克莱贝尔向同租的室友们宣布了社工的决定。他告诉他们的时候，他的哥哥并不在场。

"简单知道了吗？"安佐问他。

"还不知道。"

"你不能反对吗？"

"是我爸爸……他是监护人。"

克莱贝尔被一种羞耻感占据了。他确实可以反对的。

"我星期五晚上去接他。周末都由我来负责。"

他的声音是颤抖的。

"这对你的学业是有好处的。"艾玛纽埃尔安慰他说道，"你的日子不可能永远围绕着你哥哥转。而且简单也需要他的空间。玛丽十字中心有专门的教育者，他们能促进他的智力开发。留在这里，他没办法成长。"

克莱贝尔点头感谢着艾玛纽埃尔。

"等等，你们这是在胡说八道些什么！"安佐吼起来，"你们难道没有见到过简单玩玛丽十字的游戏？那地方让他害怕得都受刺激了！"

克莱贝尔用手遮着脸。

"你这话说得真聪明，"艾玛纽埃尔眼神冰冷地扫向安佐，"你觉得你这是在帮他的忙？"

"我不在乎我是不是在帮他的忙。我说的是简单。"

"所以你会照顾他？不是你自己说的，克莱贝尔不在的时候你不再管他的吗？"

两个男人面对面地站在那里。

"你们别打起来。"克朗丹介入进来。

艾莉娅把手放在安佐的手臂上，让他冷静些。艾玛纽埃尔眼神追踪着这手势，脸上怒气冲冲。

"为什么要吵架？"

简单的出现让所有人都好像被泼了一盆冷水。大家都以为他已经睡觉了。

"没什么，"艾莉娅说，"男孩子为了什么事都能吵起来。"

"他要把你送回玛丽十字。"安佐说。

艾莉娅用拳头捶了一下他的肩膀。

"你别乱说了，行不行！"

"这是乱说还是真相？！"安佐说。

"我不会去玛丽十字的，对吧？"简单用眼神询问着他的弟弟。

"不……现在不会。"克莱贝尔支吾着。

"以后呢？"

"是的。"

"十二年以后？"

"比……这时间短一些。"

"下个星期一你就去。"安佐说道。

他又挨了一拳。

"别打安佐啊。"简单说。

克朗丹连口水都没办法下咽了。他从来没有经历过如此艰难的场面。

"小兔先生，它不愿意去玛丽十字。"

"你明明知道它就是个玩具。"艾莉娅说。

简单摇了摇头。

"它会从窗户跳出去的。"

这是个自杀威胁。克朗丹受不了了，他走出客厅回到他的房间里，好一个人安安静静地抽泣。艾玛纽埃尔走到克莱贝尔边上，低声对他说：

"别被吓着，这样的地方窗户上都装着栅栏的。"

克莱贝尔吃惊得把嘴巴张得老大。艾莉娅拉起简单的手，把他往走廊里拉。克莱贝尔听见她的声音在走廊里渐渐远去。

"你知道，你只是在那里待几天。有的时候你待在玛丽十字，有的时候你来这里，这是为了让克莱贝尔可以安心在学校学习。你是爱你弟弟的，对不对？"艾莉娅说。

艾玛纽埃尔安慰地拍着克莱贝尔。

"会好起来的，要在他的利益和你的之间找到个平衡点。"

安佐背对着他们，面对着窗户看着窗外。每个人都选择着各自的阵营。

接下来的几天一切归于平静。克莱贝尔同简单说着玛丽十字中心。他拿出日历给他看，在周一和周五上面打了叉。

"星期六和星期天你回家来，然后我们去杜乐丽公园散步，我们……"

"我们去看艾米拉？"

"去看艾米拉。"克莱贝尔确认道。

安佐决定实话实说是对的。把真相以一种简单的方式告诉简单是必须的。可是自从那天以后，安佐尽力回避着室友们。他躲在索邦大学的图书馆里，写着他的小说。一想到艾莉娅，他就会摸摸肩膀。后面几章里，爱玛重重地打了人。

在学校里，克莱贝尔则躲着扎哈拉。

"你周末还是得管你哥哥，这挺蠢的。"贝阿特丽斯说，"假如周末想出去玩，就还是没解决的方法。当然还有其他的事……"

克莱贝尔想，如果简单愿意有的周末在玛丽十字中心度过，那他也许能弄清楚她说的其他的事具体指的是什么。

星期天，克莱贝尔要给哥哥整理行李，一切看起来都是问题。要不要给他带上百乐宝？时代军团？手枪？除了运动服还有什么衣服要带？他们肯定不会允许简单穿成蒙奇宾格先生的样子。克莱贝尔坐在房间的中间，晃着手臂。

过了一会儿，他先去收拾柜子里的一堆薄绒衫。结果在衣服里面发现了克朗丹的打火机。他居然感觉到一种奇怪的如释重负感。现在他有了证据，简单有可能是有危险的。现在他对内心的疑问有答案了。他装了一大袋玩具，把衣服叠了起来。

"你要去旅行？"简单走进房间。

"不，旅行的是你。我跟你说了……"

简单打断他：

"不是今天啊？"

"是今天。看，我给你在行李里装了玩具。"

"这是我的行李？"

简单觉得自豪得很，他抓起行李站在镜子前欣赏着。

"蒙奇宾格先生，他要去旅行了，他要去……去……"

惊恐突然让他喘不过气来。

"去玛尔嘉布亚。"他说，"这是另一种语言。"

与此同时，克莱贝尔希望自己能说另一种语言，生活在另一个世界。

马卢里先生在晚些时候来到了公寓。他已经有两个月没有见孩子们了。

"是爸爸。"简单对克莱贝尔说，好像他觉得这介绍是很有必要的。

马卢里先生拥抱了两个男孩。

"我不能每个周末都来接他,"他说,"玛蒂尔德怀孕七个月了……好了,这就是行李?"

"是的。"克莱贝尔说,"不过我在想……"

"你什么都不用想了,你已经想得够多的了。你看最后绕了一圈的结果。差点连位子都没有了……"

"呜噜呜噜。"简单模仿着发出责怪的声音。

马卢里先生有点吃惊。然后他立即拿起行李,急着把这个"包袱"给解决了。克莱贝尔陪他的哥哥一直走到街上。

"这是爸爸的车。"简单说,"爸爸把行李放在车厢里,他打开门,爸爸有钥匙。"

他低声解说着他爸爸的每一个手势和动作。克莱贝尔斜眼看着他,生怕他在最后一刻突然爆发。

"我坐前面?"简单问。

"对。但是你什么都不许碰。"马卢里先生仍然带着点鄙视地说。

简单看起来挺高兴。

"星期五,"克莱贝尔说,"我会来接你的。你明白了?"

"我坐前面。"简单像是什么事都没发生一般说着。

他没有拥抱弟弟,直接坐了进去。

"别到处乱摸！"马卢里先生低声责备着，"好了，我走了。你星期五自己想办法？"

他一边问他的儿子，一边专注地调整着反光镜的角度。

"没问题的。"克莱贝尔说。

他头也不回地走了。公寓的门一被关上，一片沉重的寂静笼罩在所有室友的身上。

这天晚餐的气氛是阴沉的。

"可怜的简单。"克朗丹说，"不管怎么说，他给这地方带来了欢乐。"

安佐立即站了起来，拿了一个苹果和一点面包回了他的房间。大家纷纷早早地就回了自己的房间。

"克朗丹说得没错。"艾玛纽埃尔对艾莉娅说，"气氛不对了。为什么我们不离开这里？"

"离开？去哪里？"

"我们可以租个公寓，我们两个。"

艾玛纽埃尔的这个主意已经有一段时间了，但艾莉娅一点都没有料到他会有这样的提议。她以为她能很容易就打消他的这个念头。

"我们没有钱。"

"我父母可以帮助我们。"

"是吗？"

艾玛纽埃尔试着用一种轻松的口气说道：

"是的，假如我跟他们说我们准备结婚的话。"

艾莉娅像被电击了一样抖了一下，她把内心的感情藏在笑容后面：

"哇哦，结婚！是不是有点早啊？"

"我二十五岁了，我爱你。"

他用眼神审视着她。

"是，我也是。但是我……我想先完成学业。然后，还有克朗丹……"

艾玛纽埃尔忍住没有吼出这句话——还有安佐！

"当然。反正我并不需要你立即回答我。你考虑一下？"

艾莉娅喃喃地答着"嗯"，表现得很温柔。可是到了睡觉的时候，她的眼前反复出现的是那句"爱玛美得叫人心醉"。

星期一，克莱贝尔觉得自己自由得如同一只从笼子里被放出来的鸟。星期二，他继续享受着他的自由。星期三，他打电话给贝阿特丽斯，他想说服她来公寓。她拒绝了，他笑了，有点生气。"好了，我挂了。"贝阿特丽斯威胁着。他们一起度过了下午的时间。星期四，克莱贝尔觉得抑郁得很。他想打电话给爸爸，问问简单的情况。自从他到了玛丽十字中心以后，他表现得如何？他眼前浮现着简单拿着行李箱，在镜子前欣赏自己的画面，眼泪顿时涌了上来。当时简单是在表演，表演一场蒙奇宾格先生的喜剧。

"爸爸？我是克莱贝尔。我想问你……你有简单的消息吗？"

"你明天就要见他了，不是吗？"

"是。不过，星期天他去的时候一切都顺利吗？"

一片沉默。

"爸爸？"

"我在。你希望我说什么呢？他闹得不可开交！"

克莱贝尔觉得他的腿一下子软了。他坐了下来。

"啊？"

"肯定啊！"马卢里先生生气了，"玛丽十字中心跟我解释了。他已经不习惯那里了，一切都得从头来。如果不是因为你的那个鬼主意……"

"他做了什么？"

"我跟你说了，闹得不可开交！他乱喊乱打人，试着逃走。好几个人才把他按住的。"

克莱贝尔听不下去了。

星期五这天难熬得很。时间好像过得既快又慢。克莱贝尔迫不及待地想去解救他的哥哥，可又害怕与他面对面。一下课，他没有等贝阿特丽斯，立即追着扎哈拉跑了出去。

"扎哈拉!"

她回过头来。

"扎哈拉。"

克莱贝尔重复着。

从这个星期开始的时候,他就躲着扎哈拉。他和贝阿特丽斯出双入对的,以至于其他人有点嫉妒,管他们叫"马卢里先生、夫人"。

"我等下要去接简单。"

"你星期六要把他交给我们,是吗?"扎哈拉无力地说。

"是,不是,等等。我们能一起走走吗?"

他们一起无声地走着。可扎哈拉是能听懂那些不说话的人心里在想些什么的。

"你哥哥怎么样?"

"不好。"

他握紧了拳头。他不知道他都干了些什么。

"我害怕一个人去那里。"

扎哈拉明白了。他需要她。

"你能和我一起去吗?"

她完全可以回答他:"你为什么不去问贝阿特丽斯?"她也可以回答他:"我问问妈妈。"但她没有这样说。

两个年轻人坐上了快速城轨。路上他们聊着艾米拉。克莱贝尔想知道她上哪所学校，她是否有进步，她在那里高兴与否。当他们开始靠近车站的时候，他不再出声了。

"希望我能找到去那地方的路。"克莱贝尔走在月台上说。

可他立即认出了巨大的池子、石头做的马的雕像，以及那条树荫下长长的街道，一路通向玛丽十字中心。

他按下按钮。扎哈拉有点吃惊地看向门的另一侧，那边是宽敞静谧的门厅，匆匆闪过几个人影，给人一种在旅馆的感觉。一块牌子下坐着个女人，牌子上写着"前台"。

"马卢里先生。"克莱贝尔说，"我来接我哥哥出去过周末。"

"是吗？"那女人一脸怀疑的样子。

她低下头看着一张表格。

"是的，"她看起来有点失望，"112房间，二楼。"

克莱贝尔选择走楼梯上去。楼梯是白色的大理石，透露着复古的味道。一个人往上走，一个人往下行，人们在寂静中相遇。大家都匆匆忙忙。走廊里，克莱贝尔看见一位年纪很大的老太太正扶着墙在往前走。她告诉扎哈拉：

"小姐，我妈妈在我的房间里。"

"您的妈妈？"扎哈拉吃惊地说。

"这让我很不舒服，"老太太说，"她死掉了。"

克莱贝尔拉住扎哈拉的手臂，轻轻地说：

"她精神不太正常。"

走廊里有动静，是这层楼的看护人。

"塔布雷女士！您怎么又从房间里跑出来了！我会告诉您的妈妈的。"

克莱贝尔加快了步伐，走到112房间前面。他敲了敲门，没有听到任何回应，便走了进去。

"这些人！"一个看不出年纪的穿着睡衣的男人吼道。

"对不起，他们肯定给错了房间号码……"

"是这些人，是这些人，是这些人！"男人一边喊一边用拳头敲着脑袋。

克莱贝尔把扎哈拉推到门口，说：

"他也不正常。"

他很快跑回前台。

"我哥哥不在112房间。"

"哦？"女人越发怀疑克莱贝尔。

她重新看了手里的表格：

"哦不对，是212。您得快点，我们马上要关门了。"

与其对着这个女人发火，克莱贝尔不如深吸一口气。二楼只有一盏陈旧的电灯照着走廊。虽然才晚上七点，可已经有种深夜的感觉。玛丽十字中心的住客们六点就吃晚餐了，这时候他们都已经在床上了。

212房间。克莱贝尔微微推开门。简单在里面。他坐在床上，扣子胡乱地扣着，肩上挂着他的玩具包。

"简单？我来了。嘿！我是克莱贝尔。你不跟我打招呼吗？"

"有蛇。"简单看都没有看弟弟一眼。

他用手指着床边铺着的地毯。自从那女士给他穿上衣服以后，他就等着，在那里看着地毯上的图案。扎哈拉摇着他的肩膀：

"简单，你跟我们走吗？我们回合租的房子去。"

"是蛇。"简单喃喃地说。

"你想见艾米拉吗？"

简单抬起眼睛，他那失去了光彩的蓝色眼睛。

"走吧。"他机械地说，"我不喜欢这里的任何人。"

就在他准备走出去的时候，克莱贝尔觉得好像忘记了什么。他在门口停下来。

"你带上小兔先生了吗？"

"没有。"

"它在哪里？"

简单向床头柜走去，从抽屉里拿出玩具，递给弟弟。扎哈拉尖叫了一声。兔子没有了眼睛。

"你做了什么？"克莱贝尔喊。

"小兔先生，它不愿意看见这些。"

"你把眼睛留下来了没有？"扎哈拉问。

简单点了点头，拍了拍他外套的口袋，一阵响声。

"艾莉娅会把它重新缝起来,"克莱贝尔说,"走吧。"

在二楼和一楼之间的楼梯转弯处,他们又遇上了那位扶着墙壁的老太太。

"小姐,"她对扎哈拉说,"我的祖母在我的床上。这倒没什么,可是她在上面小便了。"

"塔布雷女士!"楼下一个声音喊。

"她真是烦死人了,下面那个。"年老的女士说。

她尽可能快地往上爬。

"是刚才那个想偷跑出去的女士。"简单认出了她。

从玛丽十字中心走出来的时候,克莱贝尔有种感觉,好像他也刚从里面逃出来。简单虽然什么都不表现出来,可是一走到街上,他立即把眼前看到的一切事物用语言表达出来:

"树、马的雕像、面包房的蛋糕……"

到了车站,克莱贝尔递给他一张车票。

"我把它放在洞里?"

"是的。你还得推一下进站的转闸。"

"哇哦!它转过去了。嘿,我在这边!"

车票消失,然后又出现,这让简单的脸上浮现出第一个微笑。

告别的时候,扎哈拉对克莱贝尔说:

"你知道,家里总是有人的。如果你愿意的话,周三和周六可以由我们照顾简单……"

她建议他放弃玛丽十字中心。克莱贝尔有种她在评判他的感觉。于是他非但没有感谢她,还摆出一副不太高兴的抱怨样子。鉴于他也不能做什么其他的,便只好吻了吻她的脸颊。一股柔和的香水味向他涌来,是香草和橙花的气味。

"明天见?"

"艾米拉会很高兴的。"扎哈拉回答道。

她有点心不在焉,在转身的时候撞在了门上。

公寓里,安佐不停地换着电视频道,他的情绪格外糟糕。跑去厨房倒水的艾莉娅,看见坐在客厅阴影里的他。她溜到他面前,光着脚,像平时一样衣衫不整。安佐装出在看《探长德里克》的样子,但装得一点也不像。艾莉娅蹲坐到沙发上:

"你有两分钟的时间吗?还是这剧更吸引你?"

安佐关掉了声音,喉咙因为焦虑而发紧。他能感觉到皮肤的热度在上升。

"简单要回来了。"艾莉娅对他轻声说,"我在想,我们可以帮助克莱贝尔。如果我们每个人都做点努力,简单就能留下来了。你说是不是?"

"是。"

他勉强能说出话。

"话说,你继续写你的小说了吗?"

"写了。"

"能让我读吗?"

他想到他在这五十页的篇幅让爱玛所经历的一切,坏笑了一下。

"你这是什么意思?"

"我的意思是:你烦到我了。"

"你真是和蔼可亲。"

两个人离得如此近,又如此远,在身体之间,是马克国王的剑[1]。

"你在想什么?"艾莉娅喃喃地说。

"在想崔斯坦和伊索尔德。"

"你爱我……有那么强烈吗?"她的嗓子里发出一阵笑声。

"你知道的。"

"那史蒂芬妮呢?"

他耸了耸肩膀,懒得回答。

"艾玛纽埃尔向我求婚了。"

"太好了。"

"我跟他说我会考虑一下。"

"那我呢,艾莉娅……"

---

[1] 该典故源自中世纪传奇故事《崔斯坦与伊索尔德》。广为流传的版本是:骑士崔斯坦曾被爱尔兰公主伊索尔德所救。崔斯坦的舅父——康沃尔的马克国王,想要娶伊索尔德为妻,便派遣崔斯坦为使者前往迎亲。崔斯坦和伊索尔德却误饮"爱情魔药",本不该相爱的二人阴差阳错坠入爱河。马克国王的剑则象征着二人的爱不被国王所允许。

"你？"

"你愿意嫁给我吗？"

他们听到了克莱贝尔的钥匙插进门锁的声音。艾莉娅想趁这机会走人，安佐紧紧地抓住了她的手臂：

"你回答我啊！"

"不。"

他愤怒得不行：

"你这个勾引人的坏女人！"

他挨了一拳，可也立即打了回去。就在两人打闹的时候，天花板上的灯亮了。

"打架不好。"

艾莉娅抱住简单的脖子：

"你回来了，我真高兴！"

简单推开她，用手指着安佐：

"你应该亲的人是他。你不好。"

"我刚才就是这么说的。"安佐把衬衣往裤子里塞。

克朗丹听到声音，从屋子里走出来。

"小兔先生怎么样？"他看见傻瓜回来也很高兴。

"它没有眼睛了。"简单把兔子递给艾莉娅。

面对着缺了眼睛的玩具，几个年轻人都不知道该说什么。于是，克朗丹清了清嗓子：

"我说,克莱贝尔,我们是不是可以想办法组织一下,轮流照顾简单?"

"星期一和星期二反正我也没事可做。"安佐说。

"星期六我大部分时间都在。"艾莉娅说。

"我星期天应该可以。我在杜乐丽公园追小姑娘,"克朗丹说,"不过看我受欢迎的程度,我可以带上简单。"

"说不定你带上他成功率反而更高了。"安佐说。

克莱贝尔笑了起来。他眼睛里含着泪水。这时候艾玛纽埃尔放下了他的电脑,他提议为简单的归来一起喝一杯。艾莉娅去找把小兔先生眼睛缝起来的针线。当她完成以后——

"嘿!"她摇晃着兔子的耳朵说。

她把玩具还给简单,又一次试着要拥抱他。他有点生气地把她推开:

"你不要亲我。他才是你喜欢的人。"

他指着安佐说。

"完美。"艾玛纽埃尔说着离开了客厅。连简单都看出来了。

第二天,克莱贝尔领着简单去扎哈拉家的时候,扎哈拉全家都为他们的到来忙碌着。雅思米娜妈妈做了糕点,拉尔比爸爸把他的旧水烟斗拿出来;为了让简单高兴,女孩们把各自的玩具都准备好,德米拉偷偷化了妆,莱伊拉在嘴唇上擦了至少三层唇彩,艾米拉则扮成了蓝色的仙女。

"美人可真多呀。"简单的这句话让大家笑了起来。

"小兔先生！小兔先生！"女孩子们喊着。

简单噘着嘴巴，看着天花板，摇晃着身体，克莱贝尔对他的这个举动有点惊讶。然后简单把手伸进口袋，露出吃惊的表情，用带着点焦虑的语调说：

"它不见了。"

所有人都一阵害怕。

"嘿，你们好！"简单突然摇晃着兔子的耳朵说道。

大家一齐拍起了手。艾米拉拥抱着小兔先生，胜利一般把它放在头上，来到放着点心的餐厅。

"你和我们一起吗？"扎哈拉害羞地问克莱贝尔。

"不了……我……不行。"

他约了贝阿特丽斯。他真的有点后悔，不能留下来吃这些看起来诱人的蛋糕。可他有希望终于能得到他渴望已久的东西。

"我不会耽搁很久的。"他红着脸说。

结果他并没有什么值得吹嘘的。这天下午，他们在闲聊和亲昵抚摸中度过，并无实质进展。

"已经结束了？"简单看到弟弟来接他的时候说。

"抱歉。"克莱贝尔喃喃道。

"你们留下来吃点开胃菜吗？"雅思米娜妈妈说。她花了一整天做饭。

"留下来,留下来!"女孩们一起央求着。

"要享受生活中那些美好的事物。"拉尔比爸爸说。

克莱贝尔接受了邀请。不过他并不知道,拉尔比爸爸是要观察他。吃饭的时候,有好几次,他对妻子点了点头。这男孩看起来教养良好,他喜欢黎巴嫩菜,在自己吃东西前他先给哥哥夹菜。拉尔比爸爸点着头,很好,这很好。扎哈拉觉得难为情得要死。要怎么样才能让爸爸妈妈明白,她喜欢克莱贝尔,可克莱贝尔并不喜欢她?

晚餐过后,扎哈拉陪着两兄弟走到门口。德米拉一个手势让其他人全部留在了客厅里。

"简单任何时候都可以来这里,只要他愿意。"扎哈拉嗓音颤抖地说,"这里是他的家。"

克莱贝尔礼貌地感谢了她,吻了吻她的脸颊。扎哈拉很想再多说一句:"这也是你的家。"可是她的嘴唇没法动弹。

"扎哈拉很好。"简单在楼梯上说。

"嗯。"克莱贝尔附和着。

他知道扎哈拉喜欢自己。不过他打算以后再想这件事。

"贝阿特丽斯,她不好。"简单补充道。

"事情不是那么简单的。"

"简单是我。"

"好,那我就叫复杂。"

星期天的早晨，克朗丹带上简单去跑步。回来的时候，简单气喘吁吁的：

"不好玩。克朗丹他不停地跑，我追不上他。"

吃过午餐，简单在客厅玩，安佐则在写东西。一切如同从前那样。艾莉娅和艾玛纽埃尔白天是不见人的。傍晚的时候，克朗丹和安佐问克莱贝尔，他们能不能去看电影。

"你们想干什么就干什么！"

"你……你不把简单送回玛丽十字中心了？"克朗丹支吾着问。

"再也没这个可能。"

吃晚餐前，克莱贝尔发现家里没有面包了。

"我去面包房，你跟我一起去吗，简单？"

"小兔先生它脚疼。"

"好吧。"

第一家面包房关门了。命运总是如此阴错阳差。克莱贝尔不得不去较远的一家。往回走的时候，他突然感到一阵担忧。他加快了脚步，越走越快。

"简单，我买了面包了！简单？"

餐桌上贴了一张褶皱的字条。克莱贝尔认出是爸爸的字迹："我还是来接简单了。我发现你把他一个人留在这里。周末他还是在玛丽十字中心过比较好。"

第 十 二 章

小兔先生逃跑了

马卢里先生不想让克莱贝尔经历难熬的一幕。但是简单在来到玛丽十字中心以后,并没有任何反应。他看起来全然不在意,好像沉到了深处。他进步了。马卢里先生想。他才刚离开,简单就把兔子放到枕头上,然后去找他的剪刀。

"你又要把我的眼睛弄瞎?"

"不能让你看到这些。"

"那我要哭的时候怎么办?"小兔先生问。

简单一边玩着剪刀一边思考着。这问题提得很好。他坐在床上,头靠着墙壁,流下两行眼泪。

"克莱贝尔是个浑蛋。"小兔先生说。

可是所有人——都背叛了他。安佐,艾莉娅,克朗丹,扎哈拉。他们全都抛弃了他。当然特别是克莱贝尔。

"塔布雷女士!"远处一个声音喊。

简单一下子站了起来,他打开了门。老太太在那里,扶着墙壁。

"来，过来老太太。"简单轻声说，"藏到这里来。"

老太太走了进去。

"塔布雷女士！"楼层的看管人喊。

"她有的时候真的很烦。""屡教不改"的老太太说，她让简单做她的证人。

"她找不到的。"

简单用手指按着嘴唇。两人一起听着脚步声逐渐远去。

"你的姓为什么跟椅子一样[1]？"简单问道。

老太太对这个问题显得一点也不吃惊。

"是我丈夫的姓。我丈夫是个'塔布雷'。"

简单脸上露出一个大大的微笑。他显然觉得这事好玩得很。

"你有孩子吗？"

"一个大儿子。不过他不好，是他把我关在这里的。"

"我是被我弟弟关进来的。"

"我会逃出去的。"

"我也是。但我不会逃到楼梯上去。我要逃到街上。"

"哦？"

"你要跟我一起逃吗，老太太？"

塔布雷女士这时候好像恢复了一点仅存的意识。

---

1 "塔布雷"是法语里"椅子"的音译。

"我走不远的。您还年轻。您几岁了?"

"十二岁。"

"那很年轻。"塔布雷女士思索着说。

这时候,楼层看护开始有点担心了。平时当她找这个老太太的时候,通常不会走出三楼以上。可今天就连四楼的走廊都一个人没有。她跑哪里去了?楼层看护又一路走回前台。

"我说,你小心点。"她对同事说道,"我找不到塔布雷老太太了,你留神别让她偷跑出去。"

212 房间里,简单正在策划着他的逃跑方案。

"您身上有钱吗?"老太太问,"生活是需要很多钱的。"

这信息显然让简单有点烦恼。塔布雷女士从口袋里拿出几张由票据包着的欧元。

"纸币哦!"简单兴奋地叫起来。

这礼物让他想到了一个主意。

"我要扮成蒙奇宾格先生。"

他穿上西装,塔布雷女士给他的领带打了个结。他把小兔先生塞进了衣服的一个口袋里。在另一个口袋里,他带上了手枪。

"你不跟我一起吗?"

"下次吧。"老太太说,"我能不能待在你的房间里?我爷爷在我房间,他在抽香烟。"

"我把我的房间给你了,塔布雷女士。"

在这一切发生的时候，玛丽十字中心的工作人员变得紧张起来。所有人都在找不见了人影的老太太。于是简单从他的房间跑出来，走下楼梯，毫无障碍地来到门厅，没人在意他。

"您得赶快离开了，先生。"前台的女士不经意地说，"我们马上要关门了。"

简单不需要她说第二遍，几乎是跑到了门口。刚来到街上，他便吃惊地跳了起来，天居然已经黑了。

"还好有灯。"他有点放心地看着路灯。

他向前走着。为了找到路，他嘴里一一陈述着上次他在这里看到的各种事物："树，马的雕像，面包房里的蛋糕。"

"我肚子饿了。"

他的爸爸没想到问他，他是不是已经吃过晚饭。人行道上一个热闹的角落吸引了他的注意，那是个画廊，里面正在举办画展。因为天气温暖，人们进进出出，手里拿着酒杯。简单把脸贴在橱窗上。

"咸味饼干！"

蒙奇宾格先生往那些摆着的自助小食点心径直走去。一个女人在那里认真地忙碌着，简单对她报以鼓励的微笑。他拿起一块三文鱼吐司，把三文鱼拿下来摆在盘子边上。女人看着他惊呆了。简单嚼都没有嚼就吞下了吐司，然后抓起一把花生米，跑去看画。

两个绘画爱好者研究着一位画家的一幅画。

"我还是比较喜欢他青年时期的作品。他用地衣创作的那些真是不可思议。这虽然也不错，但是……"

"就比较普通一些。"

两位爱好者注意到蒙奇宾格先生的出现。他站在那里，以一种批评的眼神看着画。他们等待着他的权威发言。

"我，换了我，我画兔子。"简单说。

两个男人一边咳嗽着一边追随着简单的行踪。

"哦，谢谢，橙汁！"

一个服务员端着盘子从他身边走过。

"这是鸡尾酒，先生。"

"我知道，"简单说，"喝了头会转的。"

他把这酒精成分不重的"橙汁"喝掉，然后把杯子还给服务员。

"谢谢你，先生。不过你是个说假话的人，这不是鸡尾酒。"

慢慢地，人们的目光开始转向简单。他从一个人群走到另一个人群，笑眯眯地。他加入了一群正在低声交谈的女士的行列中。

"我尤其喜欢一开始的那些裸体女人。"其中的一个说道。

"我估计他的太太不会太喜欢。"另一个笑着说，"他的女人缘……"

简单脸上露出一个狡猾的微笑，然后他把手伸进口袋里。

"嘿。"他说。

女士们一起垂下眼睛看着从他口袋里伸出来的两只摇晃的耳朵。

"它是谁？"简单说。

他先是停顿了一下，然后突然竖起兔子的两只耳朵，说："是小兔先生！"

女士们纷纷散开。接下来，虽然画家的朋友和相识们喜欢追求刺激，但显然他们还是更偏爱和谐，两个服务员抓着简单的手臂把他推到了街上。简单虽然走远了，可他一点都不明白。也许是因为这些人都不喜欢兔子。

"才没有关系。"小兔先生安慰着自己，"我们是要去巴黎的。"

他们来到了车站。

"得有车票。"

"从栅栏上跳过去。"小兔先生说，"嘿哦！一点也不高。"

简单听从小兔先生的建议，没有买车票就上了车，一直坐到了夏特勒。

"就是这里。"他纯粹是乱打乱撞。

当他身处黑夜中的城市，那种渺小的感觉突然席卷全身。

"我是蒙奇宾格先生……"他要去巴黎。

他走到一群喝得醉醺醺的年轻人身边,一字一句地大声说:"抱歉,你好。你好吧?"简单说,"请问巴黎在哪里?"

众人笑起来。

"这家伙是谁?你找不到你妈了?"

"你身上有没有多出来的十欧元?"

"欧元是钱?"简单问。

各种嘲笑声像雨点一样落下来。

"这家伙的智商为二!"

"你看见他那张傻乎乎的脸没有?"

"他还像个傻瓜一样继续笑!"

简单脸上的微笑消失了。他正想绕开这些人走过去的时候,他们当中的一个抓住了他的领子。

"你确定你没有十欧元?好好找找。"

愤怒从简单的心里一路烧到脑袋上。

"我有刀的!我会打仗!"

另一个家伙拿出一把小刀。"把他交给我。"他对抓着简单领子的那个人说。

"我有'枪手'!"简单拿出他的"武器"。

"他有枪!"

那流氓放开手,简单趁机逃跑了。他路也不看就跑了起来,穿过一条条街道。有的时候,他会嘟囔一句"克莱贝尔"。当他放慢脚步的时候，他人已经到了共和广场。

他看看自己周围，丧气地说：

"这不是巴黎。"

他继续走着，因为他不知道还能做些什么。他的愤怒渐渐平息了，此时的他像是身处一片冰冷的沙漠。他又向着相反的方向走过去，这次他走了和刚才不一样的路。他饥肠辘辘。在那些还开着的食品商店前他做着梦，在快餐店的香气里他流着口水。然后，他停在了一家餐厅前。一头犀牛向他做着手势，让他进去。餐厅里一个穿着黑色短裙和白衬衫的女服务员在给客人们领位。

"您一个人，先生？"

这是简妮的第一份实习工作，她怯生生的。

"不是，我和小兔先生一起。"

"啊？所以您是两个人……请您跟我走？"她背着在酒店学校里学到的句子。

"去哪里？"

"吸烟区还是非吸烟区？"

这问题让简单担心了。

"不是我，是小兔先生。"

"他不抽烟？"简妮说。

"不。他会呕吐的。"

她抬了抬眉毛,这个回答好像不在她习惯的常用回答清单里。她把这奇怪的客人带到了非吸烟区。

"您要等您的朋友来了再点菜吧?"

"是克莱贝尔点菜。"

"啊?所以您是三个人?"

"十二个。"

简妮觉得她目前学到的不足以让她应付所有的情况。

"抱歉,我马上回来。"

简单把小兔先生从口袋里拿出来,在他的脖子上系上餐巾,把他放到盘子后面。然后他站起来跑到隔壁桌子上拿了一块面包。那桌子上吃饭的人惊得跳起来:

"您这是怎么回事!"

"你还有好多呢!"简单反驳道,指了指他桌上的面包。

酒店的领班向他走过来的时候,他咬了一口面包皮。

"小兔先生,它饿了。"他指指坐在餐桌前的玩具。

"是……对不起。我要请您离开。"

"去吸烟区?"

"去外面。"

"可我还没吃饭呢。"

"出去!"领班重复着。

他的语调变得具有威胁性。旁边的客人们纷纷望着这一幕。

"看来有的神经病并没有被关起来。"邻桌的客人说道。

简单抓起小兔先生就往外面跑。真相在这个黑夜变得愈加清晰：人们不喜欢的不是小兔先生，而是他。

星期一的早晨，简单并不是公寓里住客们关心的焦点。艾玛纽埃尔向安佐和克朗丹宣布，他要离开这里了。

"你们不住了？"克朗丹问道。他很惊讶，因为他的姐姐什么都没有同他说。

"是我不住了。"艾玛纽埃尔纠正道，"我暂时先回我父母家。不过我估计你们对我的去留也无所谓。"

他看着安佐。

"我会去找一间小一点的公寓，艾莉娅随后来。"

安佐没有反应。但是他一得空就立即跑到维勒迪奥先生那里去了。

"乔治！"

"她同意了？"

"没有，还没有。"

安佐变成了他的老邻居最喜欢的连载故事的主人公。当维勒迪奥先生得知艾玛纽埃尔要走了的时候，他发出一声胜利的呼喊。

"你等等，这说不定根本不意味着什么。他是在给艾莉娅施加压力。"

"你得尽可能地多做点什么。"

"怎么做?"

乔治思索着。那些老办法,什么把其他小姑娘的照片偶然放在她看得见的地方,以死相逼这些,他觉得现在用都显得有点不合适。

"安佐,您的小说写完了没有?"

"没有完全写完。"

"写完它,然后把它交给艾莉娅。不过你得注意,必须是个皆大欢喜的结局,像美国人说的那样。罗兰佐向爱玛求婚,然后她同意了。"

安佐撇着嘴巴。

"傻兮兮的。"

"听着,我的孩子,我虽然不读《嘉人》杂志,但是我可以告诉你,爱情本来就是傻兮兮的。"

安佐高兴地回到他的公寓。他对小说的结尾有了个模糊的点子,一个人在家里写了一个多小时。这时候电话铃声响了起来。

"喂,是巴尔多,社会服务机构的。我想同克莱贝尔讲话。"

"他还在学校里。您又要找他干什么?"

"得通知他,他的哥哥失踪了。"

这消息让克莱贝尔目瞪口呆。玛丽十字中心的人在早晨梳洗的时间发现简单不见了。在他的床上睡着的，是他们找了一晚上的老太太，简单则已经逃走了。

"他肯定走不远。"安佐说，"他没有钱，而且他不认路。"

克莱贝尔听着，眼睛因为恐惧而睁大了。

"太可怕了，"他喃喃道，"他……他就像个孩子，他只有三岁，安佐。"

"你冷静点。我们会找到他的。他们已经通知了你父亲，他们会派人去找。你哥哥不可能没有人看见的。"

巴尔多女士承诺了，只要一有消息就立即打电话给他们。可是一整个下午过去了，电话铃并没有响。马卢里先生威胁，如果他的儿子有什么事的话，他要去告玛丽十字中心。

艾莉娅、克朗丹和安佐陪着克莱贝尔。等待变得叫人难以忍受。

"出去转转吧！"克朗丹安慰他，"我们一有新消息就用手机联系你。"

克莱贝尔跑到学校门口，他要去告诉扎哈拉。

"啊，你来了！"贝阿特丽斯说，"我看见你中午像只兔子一样地跑了。"

一听到"兔子"这两个字，克莱贝尔的眼泪立即涌出来了。

"怎么了？"

"是我哥哥……"

"又出事了！他就不能让你安生……"

克莱贝尔看见了扎哈拉，他立即抛下了贝阿特丽斯。

"扎哈拉！"

他们一起离开了学校。克莱贝尔倾诉着。他充满了罪恶感，他根本从一开始就不应该让简单重新回到玛丽十字中心。如果哥哥出什么事的话，他不会原谅自己的。

"你相信上帝吗？"

"有的时候信。"

"请他把你的哥哥还给你。"

"我不相信上帝会介入人的生活，这是个很幼稚的想法。"

"请上帝把简单还给你。"

"我的上帝，请你把简单还给我。"克莱贝尔说。

他的微笑里满是泪水：

"我是那么复杂……"

与此同时，安佐和克朗丹的眼睛片刻不离地守着电话。

"生活真是奇怪，"克朗丹充满哲学意味地说，"两个星期前，简单让我觉得烦得不得了。现在，他就像个兄弟。如果我们找不到他的话……"

"你真是让人觉得充满希望。"安佐嘟囔着说。

突然，门砰的一声响。他们以为是克莱贝尔，结果是艾玛纽埃尔，他一路从客厅走过去。

"他是来拿他的东西的。"克朗丹说。

半个小时以后,艾玛纽埃尔还没有从艾莉娅的房间出来。他是来给她压力的。安佐想。克莱贝尔回来的时候,安佐只能心不在焉地支持他,他在关注着他们两人那边的紧张氛围。他希望听到吵架的声音,最好是大吵一架。"别想了,别想了。"他试图把艾玛纽埃尔赶出自己的思绪。克莱贝尔则瘫倒在床上,在脑子里不断重复着一句话:"回来,快点回来。"

夜幕笼罩了大地,也包裹着人心。克莱贝尔从来没有经历过这样的焦虑。艾玛纽埃尔离开了公寓。他是一个人走的。

安佐从沙发上跳起来,溜到艾莉娅的门口。他隔着门偷听着,好像听到了哭泣的声音,不过他并不确定。他轻轻地敲了门,见没有回应,便推开了门。艾莉娅躺在床上,头靠在枕头上。她转向安佐。是的,她在哭。

"你给我走!我不需要你!"

"对不起,"安佐支支吾吾地,"我不想……"

他重新关上门,内心却在绝望地嘶吼。他想去找他的老邻居寻求帮助。可因为简单的事他不敢,得先找到简单。

简单从巴黎的北边走到南边,从东边走到西边。他不吃不喝地走了一整天。他在一张长椅上睡了一会儿。他寻找着克莱贝尔住着的那个"巴黎"。他哭了几次,也想过死,可是他也不知道究竟该怎么做。小兔先生缩在他的口袋深处。

"天黑了。"简单说。可其实天已经黑了很久了。

他来到了他们住的街区,可他没有认出来。他在老主教旅馆前停下来:"房间以周出租。"一块牌子上写着。简单不认字,但是那牌子上的字迹和他对他弟弟的记忆是连在一起的。

"你是在找爱情吗,我的兔子?"一个在香烟环绕下的声音响起来。

换了平时,简单一定会一下子举起小兔先生。可这次他只是在口袋里摇着兔子的耳朵。门口那女孩想尽办法要留住这位客人。

"你叫什么名字?"

"我是蒙奇宾格先生。"

女孩仰着头大笑。

"你没个好叫点的名字?"

简单想了想:

"蒙奇。"

另一个女孩从旅馆里跑出来,看着简单。

"啊,挺热闹嘛……你好,亲爱的。"

"是蒙奇。"简单说。

两个女孩对视了一下。这男孩看起来好像迷路了。他有钱吗?

后出来的女孩用胳膊搂着简单的脖子。

"你要什么？"

"我弟弟。"

她突然松开了双手，转向她的朋友："话说，这家伙是个傻子吧。"

"是智障。"简单纠正道。

"没什么好玩的。"第一个女孩嫌弃地努了努嘴。

"也不一定。"另一个说。

她走到简单身边：

"你有钱吗？"

简单学会防备了，他摇摇头。

"克莱贝尔他有钱。他在巴黎。"他的嘴唇颤抖着，"你知道巴黎在哪里吗？"

"他走丢了。"女孩说，"嘿，你是不是走丢了？"

简单点了点头。两个女孩心中窃喜起来。她们围着简单。

"你身上带着什么纸？证件？"

简单有点意外。他搜着口袋里，拿出一张陈旧的糖纸。她们笑了起来。两人多少有点被打动，这是她们没有料到的。

"等等，让我来。"那个一开始尝试钓他上钩的女孩说。她有着金色的头发，眼影下是遮不住的憔悴。

她搜着他的口袋，从口袋深处拉出好像窝在兔子洞底下的小兔先生。

"这是什么?"金发女孩拉着兔耳朵。

"是小兔先生。"简单喃喃道。

女孩摇着头,好像在说"这是要有多傻!"她把玩具递给朋友:

"你拿着,我来搜他的外套。你别哭……"

简单的眼泪滚了下来。女孩继续搜着衣服的口袋。

"看看!一把枪!"

"这是假的,"简单说,"我没有刀的。"

"他居然还有钱,十七欧。"

"真是笔巨款。"另一个女孩点燃一支香烟嘲笑着。

金发女孩把手伸进外衣里面的口袋。简单的身份证在一个塑料袋里。

"他叫巴尔纳贝·马卢里。"

她把证件转过来读到了马卢里先生的地址:"马恩拉瓦莱,他这一路走得可够远的。"

她把身份证、钱和手枪一起递给她朋友。为了确保万无一失,她搜着最后一个口袋,从里面拿出一张克莱贝尔写的硬纸片:"我叫简单,我是智障。如果遇到意外,请通知我的弟弟,电话号码是06……"

女孩一句话都没有说,她把纸片递给另一个女孩。她好像是被来自童年的忧伤碰触了一般,用手背抚摸着简单的脸颊。

"我跟你说了,别哭。我们打电话给你的弟弟,好吗?"

简单点着头,然后他指着小兔先生,有点害羞地说:

"我能把它拿回来吗?"

两个女孩把所有东西放回原来的口袋,让他抱着他的兔子。

"我来打。"金发女孩从口袋里拿出手机。

克莱贝尔蜷在座椅里。手机的铃声让他惊得跳起来。

"喂?是的,我是克莱贝尔。"

"你哥哥在我们这里。"一个刻意想要隐藏自己的女性声音说道。

"简单?在哪里?"

"老主教旅馆,我告诉您在哪里……"

"不用了!我知道在哪里。两分钟我就能到。哦,我的上帝!"

他跑到门口冲进电梯,然后飞奔到街上。

"天啊!"他喃喃道。

简单站在两个女孩之间,手里拿着他的兔子。

"简单!简单!"克莱贝尔紧紧抱着他,重复着。

"哦,我的上帝!哦,天啊!"

当他终于冷静下来的时候,他看着那两个女孩。

"我不知道该怎么感谢你们。"

"你不需要其他的什么了?"金发女孩开着玩笑。

"不,谢谢,我挺好……"

两兄弟手拉着手,在勒莫纳主教街上一路走着。

"我饿了。"简单低低地说。

他连移动两条腿都觉得困难了。

第十三章

小兔先生的"死"

"是受了刺激。"

除此以外，医生找不到其他的原因来解释简单连着三天的幻觉。室友们轮流照看着他，这天早上轮到克朗丹。他看了一眼简单，简单看起来像是睡着了，于是他又坐回了扶椅上。

"小兔先生，它在哪里？"

克朗丹从椅子上跳起来，像是被人扎了一针似的。简单坐在那里，头发比平时更乱，蓝色的眼睛"点燃"了他乱糟糟的头发。

"好家伙，你怎么样？你认得我吗？我是克朗丹。"

"它在哪里，小兔先生？"

克朗丹从书架上抓起破旧的玩具。简单把它放在面前，脸上显出一种异样的悲伤。

"为什么人们都对小兔先生不好？"

简单的一句话就让克朗丹的心碎了。他把头转过去，擦着眼睛。

"不是……不是他们对它不好,是人们不太明白小兔先生。它……它跟他们不太一样。它耳朵那么长,还有……它的胡子。反正就是,你看,它是只兔子……"

"一只会说话的兔子。"简单说。

"是的,就是这个。这让人们很吃惊,他们有点害怕。"

简单叹了一口气:"真复杂。"

"那就继续做简单,管其他人呢。"

"哦,哦,这个词不好。"

克朗丹跑到客厅去告诉安佐:

"他好了!"

"这样的事是会发生的。"

这是巴尔多女士就简单的逃跑事件所能做出的唯一解释。

"您知道吗,有的机构会把病人绑在床上,这也不见得好。我还是觉得玛丽十字中心,怎么说呢,是所有糟糕的选择里最理想的。"

"可是我希望我哥哥好。"克莱贝尔回答道。

他又一次来到了放满金属柜子的小办公室。

"我们都希望简单好,但是不能以牺牲您的生活为代价。"

克莱贝尔提高了嗓音:

"和简单在一起我很幸福。"

"可是您要想一想每时每刻都落在您身上的责任。您还是个未成年人……"

克莱贝尔笑了起来。

"十天后坐在您对面的就是个成年人了。"

巴尔多女士做出很懂他的样子,可她不想那么快就让步。

"您有年轻人的理想主义,您不要以为我是要不惜一切代价地阻止您的想法。因为我对这样的情况有一定的经验,我知道奉献的代价是极高的。简单是需要完全依赖于人的,请您想想,假如哪天您要结婚,有孩子……"

克莱贝尔想到拉比尔爸爸和他的女儿们,微笑着说:

"我的孩子们会喜欢简单,因为简单是个孩子。"

克莱贝尔的眼睛亮了起来。他好像战胜了这个世界上的一切平庸。巴尔多女士垂下了眼皮。

"我做了我能做的来帮助您,克莱贝尔。我是出于好意……"

"我因此而感谢您。"

公寓里,艾莉娅告诉弟弟,她要去潘波勒爸爸妈妈家里住几天。

"那你的学习呢?"

"我没办法学习。"

她看起来极其疲倦。克朗丹壮起胆子问她:

"你和艾玛纽埃尔结束了?"

"我想是的……他要我立即答应跟他一起生活。但是我,我不知道……我不知道怎么做……"

她很伤心的样子。

"克莱贝尔的生日,你回来吗?"

"我试试吧,克克,不过我什么都不能向你保证。"

这天晚上,安佐写完了他的小说。他趁着艾莉娅不在的时候,进了她的房间。他看见行李箱开着,箱子一半已经放满了。他把本子往里面一扔。在第一页上他写着:"如果你不喜欢我的话,就把它毁了。"

"你再也不回来了?"简单问。

艾莉娅就快收拾完了。

"不是的,简单。我去爸爸妈妈家休息几天。"

"我,我的妈妈她死了,我的爸爸,他不喜欢我。"

艾莉娅用手臂搂着简单的脖子。

"我不是你喜欢的人。"他提醒道。

"我知道。你,你是我的王子。"

她吻了吻他。

在拉尔比家,所有人都为简单的回来感到高兴。

"艾米拉看见他的时候高兴坏了。"雅思米娜妈妈说。

她的丈夫点着头。是的是的,简单这孩子真不错。可他关心的是克莱贝尔。他知道扎哈拉喜欢克莱贝尔。克莱贝尔虽然还不成熟，可在等他真正长大成人前，他得想办法别让他跑远了。

"我们得庆祝扎哈拉的生日。"拉尔比爸爸突然说道。

"再庆祝一次？她的生日不是上个星期吗？"

"是的，不过我们只在家人间庆祝了一下。如今的年轻人，他们喜欢请朋友来。"

"扎哈拉没那么多朋友，除了简单和克莱贝尔。"

拉尔比爸爸看了妻子一眼，好像她刚想出了个正确无比的提议：

"你说得对。就让她下周邀请克莱贝尔和简单。"

雅思米娜妈妈可不糊涂。

克莱贝尔对扎哈拉邀的邀请先是感到高兴，但是很快又烦恼了起来。因为在扎哈拉邀请了他以后，贝阿特丽斯也邀请自己在同一个周六到他们的公寓去。克莱贝尔决定一分为二。下午两点到四点他和扎哈拉在一起，四点到六点留给贝阿特丽斯。把美好的感觉给扎哈拉，剩下来的给贝阿特丽斯。

星期六这天，简单穿上了蒙奇宾格先生的衣服。他脖子上系着的领结，好像蝴蝶在扇动着翅膀。客厅里，安佐、克朗丹和克莱贝尔不出声地、愉快地看着他的模样：乱糟糟的头发，闪亮的眼睛，穿得歪歪扭扭的衣服，因为装满了奶油面包而被拱起来的口袋。

"我准备好了。"

拉尔比爸爸家的欢迎场面热情无比。

"我太喜欢这些女孩子们了。"简单说着,全然忘记了从前他说的话。

克莱贝尔把扎哈拉拉到一边。

"四点左右我得走。我约了社会服务机构的人,没有什么重要的事,就是有些关于简单的文件要签。"

他撒起谎来是如此蹩脚,扎哈拉都想问问他,这社工腋下有没有长毛。可女性的直觉告诉她,她得换一种方式处理。

"这很遗憾,"她说道,"不过重要的是,简单可以和我们一起过一整个下午。"

克莱贝尔觉得挺生气的。他脸色不太好看地走近那一群女孩,他的哥哥是她们的焦点。

"我说另一种语言。"简单有点骄傲地说。

女孩子们教简单和小兔先生手语。克莱贝尔不高兴了几分钟,然后他也想学如何用手语表达"我爱你"。扎哈拉教着他,一只手平放在肚子上,然后向着他的心上移动。

"你的手离身体越远,你的爱就越深。"她说着自己也把手势做得更大了一些。

克莱贝尔盘着腿,和拉比尔爸爸的女儿们坐在一起,用手语说着话。当他突然看见手表上的时间到了三点四十时,便立即跑了出去。一来到街上,他才发现还有不少时间,于是放慢了脚步,走到他所在教区的教堂前,他心想,不知道教堂有没有开门。他从一扇开着的侧门走了进去,教堂的阴凉落在他的心上。

他把手伸进圣水池里,写着他的名字。这是个童年时他就习惯做的动作,那时候妈妈还在世。妈妈去世的时候,克莱贝尔十四岁。她对他说:

"照顾好你哥哥。我在上面会照看你的。"

他径直向着圣女德兰的雕像走去。他往捐赠箱里放进两欧元,听着它们和其他钱币触碰在一起的叮当声。随后他拿起一根蜡烛,很粗的一根,走到火苗前。一个声音在他心里响起:

"让简单点亮它。"

他的眼前出现了这样的画面:他作为弟弟,把点燃蜡烛的特权让给了年长的哥哥。因为其实年纪小的那个,是个大人;而年纪大的那个,是个小孩。

"妈妈。"他看着雕像说。

从侧廊离开的时候,他看见了某个星期天小兔先生躲在里面,把它当洞穴的忏悔室。他突然有种强烈的愿望,想进去待一会儿。他走到那将世界隐藏起来的帘子后面,跪下来,一种震颤的感觉在他的皮肤里涌荡。

从教堂里出来的时候,早就已经过了四点。要是贝阿特丽斯遇见了克朗丹，她肯定已经知道克莱贝尔受了扎哈拉的邀请。要是接待她的是安佐，那这家伙肯定把事情搞得乱七八糟了。可不管怎么样，约好的时间已经过了。"我真是个爱把事情搞复杂的人。"克莱贝尔一边说一边向扎哈拉家走去。

"这么快？"简单有点吃惊地说。

可他没有再做其他的评论。而这一次，克莱贝尔品尝着那些美味的蛋糕。当他回到公寓的时候，安佐在客厅里对他喊：

"你那个女朋友，红头发那个，她刚才来过！你跟她吵架了？"

克莱贝尔表示"是的"。

"我说你有急事得去社会服务机构处理，因为你哥哥，并说你向她表示抱歉。"

"谢谢你。"

克莱贝尔的生日那天正好是诸圣节，这次是星期五。假期伊始，大家都在忙着为派对做准备。克莱贝尔希望好好庆祝他走入成人的日子，他邀请了贝阿特丽斯和扎哈拉。扎哈拉问她能不能带德米拉来参加。

"你把史蒂芬妮也请来？"克朗丹对安佐说。

安佐恶狠狠地瞪了他一眼，克朗丹只能转向表兄阿莱克西和他的女朋友。

"于贝尔和让·保罗必须得请。"他说道。

邀请名单越来越长，只不过女孩子很少。

"艾莉娅呢？"安佐小声问。

克朗丹做了个不确定的表情。

"你问她没有？"安佐生气地说。

"问了，不过……"

"不过什么？"安佐吼道。

"她说不知道。早上是来，到了晚上又变卦，不来了。我跟你保证我问了好几次。她好像生病了。"

"生的什么病？"

克朗丹又是一副尴尬的样子。看起来他有可能要被他的兄弟揍一顿。

"给她点时间。"维勒迪奥先生对他说，"她刚刚分手，不可能第二天就投入你的怀抱吧。这么做的话，不够矜持。"

安佐有点机械地按着他的肩膀。

"艾莉娅本来就不矜持，她是个魔鬼。"

这一次，简单参与了派对的准备工作，好像克莱贝尔的生日是他的生日一般。

"我会有什么礼物？"他问弟弟。

"你想要什么？"

"一个电话，一台电视机，一台电脑。"

"这些有点贵。送你手表好吗？"

"好！！！"

"再给你买把锤子？"

简单立即明白了他的玩笑，笑了起来。

"没有小人的。"他说。

他这些日子成熟了不少。

"我觉得他谈小兔先生的次数越来越少了。"

"简单需要它的时候变少了。"克莱贝尔说，"现在他有朋友了。"

可小兔先生终归还是把胡子弄到了巧克力慕斯里，把胡萝卜块弄到地上，拿搅拌器玩，被大家制止着。

"简单，你可以了。"

"不是我，是……"

其他人一齐说：

"是小兔先生。"

这天晚上终于到来了。

"也许你不必扮成迷人的王子？"克莱贝尔说。

"是蒙奇宾格先生，他四十二岁，是他的卡斯咚布鲁克。"

"你必须说另一种语言吗？"

最先到的是让·保罗和于贝尔。这两个人说话大声，又不停地讲着各种蠢话。总而言之,他们俩是任何聚会必不可少的"气氛组"。接下来到的是阿莱克西。他郁闷得很，因为他刚同女朋友分手。安佐烦躁地看了一眼他的"克隆"人。然后他等来了和艾玛纽埃尔、艾莉娅一起上学的医学院女大学生。

"我从来没想过会发生。"她就他们的分手事件重复着这句话已经十几遍了,"从来没想过。"

然后安佐很满意地获知,艾莉娅打算和这个女孩,还有另外两个女学生一起住到十一区一套LOFT公寓里去。他几乎是强忍着才没有立即下楼去把这消息告诉维勒迪奥先生。

渐渐地,客厅和餐厅热闹了起来。克莱贝尔每隔五分钟就看看他的手表。

"我没有手表。"哥哥悄悄提醒着他。

终于,贝阿特丽斯来了。她把她那太短的上衣换掉了,结果这次变成下身穿得太短了。

"说起来,"她对克莱贝尔说,"你上个星期六可是放了我的'鸽子'。"

"嘿!"小兔先生在她鼻子下面晃着耳朵。

贝阿特丽斯猛地推开他,那动作极其不友好,简单逃走了。

"我那天有急事要处理,对不起。"克莱贝尔有点冷淡地说,"啊,扎哈拉来了。"

扎哈拉刚到,后面跟着德米拉。扎哈拉研究着她的对手,轻叹了一口气。因为并没有什么精致的衣服,今天她又穿了那条黑色不对称的裙子。

"你非常好看。"克莱贝尔低声赞扬着,"你妹妹,她不戴头巾了?"

德米拉甚至穿了莱伊拉的裙子,让那条迷你裙显得越发迷你。

"她考虑过了。信仰应该是放在心里的,而不是包在头上。"

克莱贝尔表示同意。他开始拆堆在餐桌边的礼物。贝阿特丽斯送了他一条带口袋的平角短裤。

"谢谢。"克莱贝尔急匆匆地把它卷了起来。

扎哈拉则找到了一个好看的相框。

"得在里面放上你的照片。"克莱贝尔说。

这个时候贝阿特丽斯明白,这场战争她已经输了。

"我呢,我的礼物在哪里?"简单担心地问。

扎哈拉递给他一个包得色彩缤纷的盒子。简单撕掉包装,打开来:

"给小矮人穿的衣服!"

那是一件很小很小的用黑色毛毡做的衣服和一条小裤子,衣服上带着金色的扣子和红色边饰。这是雅思米娜妈妈亲手给小兔先生做的衣服,好把它身上破旧的地方遮起来。扎哈拉帮简单给小兔先生穿上,所有人都赞叹着。

"小兔先生,它看起来酷爆了。"简单说。

"这迟早得发生,"安佐说,"老和年轻人接触,他说话都像他们了。"

德米拉这边老早就想好了,她不打算浪费时间。在转了一圈做了筛选后,她锁定克朗丹作为候选人。她向他提了一系列的问题:

"你是学什么的?你几岁?她是你的女朋友?你喜欢听什么音乐?"

克朗丹的回答令人满意。她则介绍自己是初中生,打算考取卫生与社会专业的高等技术学校。然后她和克朗丹用着同一个杯子,好试探他的想法。又邀请他和自己跳第一支慢舞。扎哈拉用余光观察着一切,暗暗觉得害怕。

"你妹妹,她倒是很快就行动起来了。"克莱贝尔说。

"她才十四岁……"

克莱贝尔也想不出更好的办法,于是决定去告诉安佐。

"安佐,你得跟克朗丹说……"

"我不觉得能立刻跟克朗丹说什么。"

"跟他跳舞的女孩……"

"你是说那个像吸盘一样贴在他身上的那个?"

"是的。她十四岁。"

"啊?"安佐还是有点吃惊。

不过他很快缓过神来:

"别急,克莱贝尔。克朗丹这人反应很慢,等他想好了,这姑娘也成年了。"

这天晚上要安佐说出什么像样的话来，也确实不可能。他自认为是这个社会最糟糕的存在。他一屁股坐到他的"克隆"兄弟边上，后者已经喝了不少了。

"生活，你看生活，它就是个垃圾。"阿莱克西有点迟缓地对他说，"只有一种方法能从这个垃圾中'活过来'，一种办法。"

他抬高了嗓门，好像安佐要反对他一样。

"不不，没有两种方法，一种方法，就一种。"

这时候有人按响了门铃。安佐永远都不会知道如何才能从生活中"活过来"，因为艾莉娅走了进来。

安佐先是认不出她了。她全然变了一个人，发型精致，化着妆，整个人很优雅。她是个女人了。好像她想让安佐意识到，在他们分开的这段时间里，他们之间产生了多少距离。他犹豫着向她走过去，什么话都没有说。

"晚上好。"她像从前那样有点生硬地说。

"如果说这个晚上是好的话……"安佐模仿着驴子屹耳忧郁的嗓音说道。

"你蠢不蠢……"

她拥抱着所有人，尤其是简单。

"你是在开派对？"

"是我的卡斯咚布鲁克。"

"就是生日的意思。"克莱贝尔翻译着。

安佐一直以为，艾莉娅回来的那天他会高兴死。可他待在客厅中间，有点醉，也有点沉闷。他跑到床上躺在那里。他叹了口气，对一切都觉得恶心，尤其是他自己。这时候有人敲了敲门。他坐起来，头疼开始像钟锤一样攻击他的太阳穴。

"什么？"他吼着。

艾莉娅走进来，关上门，身体靠在门上。

"什么？"安佐口气温和了些。

她把一样东西往他的枕头边一扔。

"是什么？"

"你今天晚上有东西可以聊了。是一张光盘。"

他夹在手指中间：

"我拿它做什么？"

"想做什么就做什么。这是你的小说。"

安佐没明白。

"我把你的小说存在电脑里了，安佐，在这张光盘上。"

"你为什么这么做？"

她坐在床边。

"因为我爱上了你的小说，爱上了那些人物，特别是小说里的那个主角。"

她想让这如同站在悬崖高处的、令人眩晕的时刻延长些。

可从她身体里涌起的那些情感让她躺在了安佐的身上。

"艾莉娅,艾莉娅,这是真的?所以是我?你今天晚上那么美,我都不敢……"

"我因你而美。"

他闭上眼睛搂住她。哦,安佐,安佐,你的那些不幸的日子是多么幸福!

"我爱你,你不知道我有多爱你!"

她笑了起来,开始挑逗安佐,挠他的痒痒。安佐也笑了起来。

"你们是在谈恋爱吗?"

安佐气喘吁吁地站起来,小兔先生的脑袋出现在门缝里。

"简单!"

"我在。"

简单的脑袋也探了出来,好像受到了邀请一般。

"你也不害臊。"艾莉娅轻斥着他。

"不啊。"

他晃着手里玩具的耳朵。

"小兔先生,它喜欢看这个。"

这时候克朗丹的声音在走廊上响了起来:

"好了安佐,你可以过来了,吃蛋糕了!"

所有人聚集在客厅里。大家关掉了灯,扎哈拉捧着插着十八根蜡烛的蛋糕,嘴里唱着:

"祝你卡斯咚布鲁克快乐……"

所有人无比高兴地跟着一起唱：

"祝你卡斯咚布鲁克快乐，克莱贝尔。"

所有人？并不是。因为贝阿特丽斯没有出声。她的双唇因为愤怒紧闭着。她决定趁着昏暗的光线离开这里。就在她往外走的时候，她看见了被遗忘在软垫上的小兔先生。对小兔先生，她似乎有没报的仇。于是她弯下身捡起玩具，向着厨房走去。只用了两下，就完成了她的"罪行"。

与此同时，克朗丹正切着蛋糕。

克莱贝尔向简单做了个手势，让他到客厅里一个安静的角落来。他从手腕上拿下手表，递给了哥哥。

"这是我的了？"

"你不会把它敲坏？"

简单摇了摇头。他看着慢慢移动的指针，满脸惊讶。

"现在几点了，简单？"安佐问他。

"十二点。"

隔壁教堂的午夜钟声敲响了。

派对继续进行了一会儿。简单在地板上睡着了，阿莱克西在沙发上醉得迷迷糊糊。克莱贝尔和克朗丹陪扎哈拉和德米拉回家。安佐和艾莉娅偷偷溜回了房间。

"小兔先生不见了！"

克莱贝尔被哥哥吵醒了。

"又怎么了？你就不能让我清净一会儿，一天到晚小兔小兔！"

"它不见了。"

"不会的，它肯定在那堆乱七八糟的生日聚会的东西里。"

一个小时后，克莱贝尔在克朗丹的帮助下，开始搜寻玩具。

"你记得把它留在哪里了？"

"那里。"简单指着软垫。

安佐和艾莉娅也知道了，所有人一起在公寓里搜。阿莱克西的酒醒了，从沙发上坐起来。

"你们在找什么？"

"兔子玩具。"

"得问那个红头发的女孩……"

"贝阿特丽斯？"

阿莱克西点点头。

"她从软垫上捡起来的。我觉得有点奇怪，但当时我没反应过来……"

克莱贝尔被一种强烈的愤怒占据了。他目光有点呆滞。

"我去她家里。"

安佐抓着他的手臂：

"等等，我们可以给她打电话。你现在在气头上，克莱贝尔，让我来。"

安佐跑到没人的地方打了电话,然后走回来。

"确实是她,"他用一种夸张的、充满戏剧性的口气说,"她把它扔到垃圾桶里去了。"

年轻人们互相看着彼此,十分震惊。

"那得去把它找回来。"简单说。

"对啊,我们笨死了!"克莱贝尔缓过神来。

他们飞快地走下楼梯,向放垃圾箱的房间走去,正好赶上门房把垃圾桶拉回去。

"完了!环卫工人早了我们一步。"安佐的语气里充满悲伤和绝望。

"小兔先生不在垃圾桶里了?"

要怎么样才能让简单接受他的兔子再也不可能回来了?

回到客厅,简单坐到了软垫上:

"我在这里等它。"

"没用的,它已经在垃圾车里了。"安佐对他说。

"它会逃走的。"

"不,不可能的。它只是个玩具,它不是一只真的兔子。"

"它是的。"

简单固执地说着。他的眼睛里满是泪水,但是他拒绝哭泣。他如此固执,艾莉娅把他抱进怀里,在他的耳边轻声说道:

"简单,我知道你爱小兔先生,我们都爱它。可是你要接受,小兔先生'死'了。"

简单的声音颤抖起来:

"和妈妈一样?"

"和妈妈一样。"

他的手攥在一起:

"我也要死。"

"那我呢?我呢?"克莱贝尔一边喊,一边跪在了哥哥面前,"你要我一个人活在这个世界上?"

"你可以打'喂'给扎哈拉。"

克莱贝尔听了他的建议,打了"喂"给扎哈拉。女孩立即来到了他们家里。

"我们再买一个。"她对简单说,"另一个小兔先生。"

简单责备地看了她一眼:

"这世界上只有一个小兔先生。"

这一点,当然所有人都知道。

楼下,维勒迪奥先生不知道邻居家发生的事,可他正对他们大发脾气。

"好了,又把垃圾道堵住了。他们说不是他们,我就想不出来还有可能是其他的人!"

乔治有个疏通垃圾道的技巧。他在一根绳子上绑一个五千克重的哑铃,把它从管道里放进去,这样就能把垃圾道疏通了。

"好了。"他听见了垃圾掉下去的声音。

命运常常会因为一些很小的细节而改变。维勒迪奥先生想要找到证据,证明这是那些租房子的年轻人干的好事。他走到下面放垃圾桶的地方。

几分钟以后,他按响了门铃。

"这回哈,"他对安佐说,"这回您必须承认,就是你们用这些乱七八糟的东西把垃圾道给堵住的!"

安佐睁大了眼睛:

"乔治!"

他此时深刻地感受到人生的戏剧性,说道:

"您真是救了我们了……"

"他在吗,那个傻瓜?"老头一进客厅就吼起来。

简单坐在软垫上不动,四周环绕着他的朋友们。乔治庄严地往前面走着,其他人纷纷为他让开道,好让简单看见。

"上帝先生!"

乔治用他的手臂抱着,好像那是个生病的小孩子——那是被"复活"的小兔先生。

"你的兔子臭死了。"他把小兔先生递给简单。

所有人都立刻行动起来。有的洗着兔子的上衣、裤子,有的给小兔先生用香波,让它变得香香的。艾莉娅又给它缝了几针。

简单什么都没有干,只是神情严肃地看着手表。

傍晚的时候,扎哈拉要回家了。

"一起去河边吗?"克莱贝尔对她说,"可以聊聊天。"

他记得曾经对贝阿特丽斯说过一样的话。"可那完全是两回事。"他听着自己的脚步声中穿插着她的脚步声。她走在他的身边,如同多年后她一如既往地走在他身边一样。然后他们的孩子和他们走在一起。那些孩子喜欢简单,因为他们都那么简单、纯净。

克莱贝尔做着梦。他这个时候并不想,是不是应该去搂扎哈拉的腰,或者该怎么做来得到这个那个。可沉默还是让他觉得有点尴尬,因为他说过要聊聊天的。他想对扎哈拉说:"我搞错了。我以为我喜欢的是贝阿特丽斯,可我喜欢的人其实是你。"可是,有没有办法找到其他话来表达他的意思呢?

"扎哈拉,我想跟你说……"

她停下来,看着他的眼睛。她一直在等待这一刻的到来。她狡黠地笑着,克莱贝尔突然就变成了小兔先生的弟弟。

"扎哈拉,你认真听我说!"

他把一只手放在肚子上,慢慢抬到心的位置,然后用指尖触碰着扎哈拉的心。接着扎哈拉也把手放到肚子上,手抬到心上。两个年轻人拥抱在了一起。

公寓里,安佐躺在沙发上,头躲在艾莉娅的怀里,神游着。

"真有意思,"他说,"我以为简单会一整天都盯着他的兔子,谁知道他只对他的手表感兴趣。"

"我想,象征性的,小兔先生今天'死'了。"艾莉娅说。她最近对精神分析学越来越感兴趣。"简单不再假装小兔先生真的是活着的。"

"你不觉得这叫人难过吗?"

"孩子都会长大,安佐。这叫人难过吗?"

"当然。这无法避免,可依然令人难过。"

他向艾莉娅投去他那永远忧虑的眼神,她对他微笑着。她爱的是这个男孩。

简单在卫生间里。他的对面有一个玩具,耳朵挂在绳子上。玩具身上的衣服旧旧的,撕破了的衣服又被缝起来,身上是水笔和口红的印迹。

"你干了?"

"我的脚还是湿的。"小兔先生回答道。

"是贝阿特丽斯把你扔到垃圾箱里去的?"

"不,是我自己。我想看看垃圾箱的样子。"

简单一本正经地抬着手臂,看着他手上的表。小小的指针不停地走着,走着。他脑子里一直挥之不去的是同一个问题。现在,他必须得把这个问题问出来:"我说,你有一天会死掉吗?"

"不会,"小兔先生回答道,"不是必须的。"